KB005603

글나무 시선 14

Nest of Birds
새들의 둥지

글나무 시선 14
# Nest of Birds(새들의 둥지)

저  자 | 양금희
발행자 | 오혜정
펴낸곳 | 글나무
주  소 | 서울시 은평구 진관2로 12, 912호(메이플카운티2차)
전  화 | 02)2272-6006
e-mail | wordtree@hanmail.net
등  록 | 1988년 9월 9일(제301-1988-095)

2024년 4월 30일 초판 인쇄 · 발행

ISBN 979-11-93913-03-1 03810

값 14,000원

# Nest of Birds
# 새들의 둥지

양금희 영한 시집

# Jeju, the poetic landscape

By Lee Kuei-shien

In remembering September 1985, I went to Seoul to attend the Asian Poets Conference and at first visited Jeju Island along the way. There are mountains and waters on the Island, among them Hallasan Mountain is the highest peak in South Korea. I climbed Seongsan Ilchulbong Peak and went to the beach to watch haenyeo diving for pearls, remaining a deep impression forever. Unexpectedly, 38 years later, my poem "Seongsan Ilchulbong" was translated into Korean by Yang Geum-hee, a distinguished professor at Jeju International University, and published in her online column "Professor Yang Geum-hee's World Literature Tour". Therefore, I got the opportunity to get acquaintance of Professor Yang and so able to read her wonderful poems.

Professor Yang was born in Jeju and has grown up

there for a long time in a tight connection therewith. She naturally described Jeju into a vivid poetic landscape. When I read her poems, I feel like I am revisiting Jeju. The poetry book "Nests of Birds" by professor Yang Geum-hee describes mountains, and of course the representative Hallasan Mountain cannot be ignored:

As I look at Hallasan,

and you gaze at Nanga Parbat,

we give each other wisdom for a new life,

showing each other greater potential for growth.

Encouraging each other, we break out of our shells and grow.

—「Looking at Halla Mountain and Nanga Parbat's peak」

Looking at the majesty of the mountain, empathizing with each other, stimulating potential, thus "we break out of our shells". From the height of the mountain, the poet makes a metaphor for the growth of life in "continuously breaking out of new shells", and the heart is filled with "joy and confidence". From Hallasan Mountain, the highest peak in South Korea of 1,947 meters, to the Nanga Parbat's peak of the Himalayas of 8,126 meters, the latter is higher than the former. However, mountains are not comparing higher or lower, but depending whether it plays a role in inspiring potential and growth in life.

The poetry book "Nests of Birds" by professor Yang Geum-hee describes about the sea far more than the mountains. After all, Jeju Island is surrounded by the sea which inspires people as the source of vitality in life, and breeds endless hope:

> My morning walk to Suwolbong
> Accompanies the sound of the waves.
>
> A dayflower at dawn wet in dew,
> Blooming shyly as if fell in love with the sea,
> In the salty smell of the sea
> It would not fold its longing
>
> —「Jagunaepogu」

What's even more special is that for the island fishermen who rely on the sea for their livelihood, the sea is a place where all things thrive, providing endless resources:

> The sea cannot nurture,

Mountains cannot nurture

What would not grow on ridges,

But undersea valleys bring forth.

—「Life Watched on Beach」

In particular, there are more poems about Ieodo Island which is an underwater reef at a distance of 149 kilometers away from Mara Island. A legend said that it is the place where the fishermen will stay after they lost their lives in fishing. In the hearts of the mothers from Jeju, "Eternal Ieodo / That has become a star", the place where "Women divers working under water, / Red sunset / It's eye may be stabbed by their Bichang", so that:

Nostalgia of lip-biting mothers

Towards the island

Ieodo Sana!

Ieodo Sana!

—「Ieodo of Mothers」

In the minds of Jeju people, Ioido is a place of both despair and hope, where they long to play but can never reach alive, that is invisible to the eyes and also visionary on the sea level. Ioido Island is also involved in the international territorial dispute between South Korea and China, the latter claims that Ioido Island belongs to China named Suyan Islet.

"Ieodo sana" is a song popular among Jeju women. Haenyeo sing it when they go to the sea, so it often echoes in the hearts of Jeju mothers. The lyrics describes about the fate of the haenyeo: "Ieodo sana, ieodo sana, ieodo sana / Where to go, where to row / All aboard to the depths of the sea / Where my mother gave birth to me / Did she know to dive would be my destiny?"

The dual nature with despair and hope is the most difficult choice for ordinary people. Sometimes they can only resign themselves to fate. People can never go beyond the limits that determine their fate, so they can only share blessings and share the same heart. And the brave Jeju women are almost alway struggle in mind:

> When winds blew and waves surged,
> Jeju women worried about their husbands and sons
> who had gone to sea,
> watching white surfs splashing over the rocks.
> —「When One Can See Ieodo Island」

However, as long as something is done, through the

design and operation of public power, the ecology can be improved to a certain extent, which will contribute to people's livelihood and life safety, and becomes a comforting and desirable holy place:

> Those who were looking for Ieodo Island.
> across and beyond legends,
> have finally built the Ieodo Island Marine Science Base,
> a lotus base that has bloomed out of Jeju women's wish,
> standing tall and erect over the endless ocean.
> 　　　　　　　　—「When One Can See Ieodo Island」

Since the South Korean government established a marine science base on Ieodo Island, "Soothing Jeju women's resentment" and let the people "Dreaming of Ieodo/ ……/ into the beautiful, covetable island", completely reversing the impression of emptiness and visionary, becoming the gateway to the Pacific Ocean and the passage to the ocean world:

> The Wind blowing from Ieodo
> Shakes the leaves at the foot of Halla Mountain.
> Saying go to the Pacific, go to the ocean,
> Rule the sea beyond Ieodo

Then prosperity and abundance would come .

—「The Wind Blowing from Ieodo」

In addition, from the poetry book "Nests of Birds" by professor Yang Geum-hee, many poetic scenery on Jeju Island can be read. For example, in describing Cheonjiyeon Falls:

> The Cheonjiyeon waterfall falling vertically,
> Water droplets shattering in the midst of a waterstorm,
> They don't push each other away, but embrace each other.

Cheonjiyeon Falls is located in Cheonjidong, Seogwipo City, Jeju Island. There are three levels of waterfalls flowing from the cliff cave, the white water columns flying down into the sea accompanied by the roar of thunder from the sky are very spectacular. The cold water of the first level of waterfall emerges from the top of the cave, falls into the Pool of the Gods, and then rushes down into the river from a height of 30 meters, streaming to the sea. But the poet does not describe the landscape, but presents the visionary and wonderful realm that the poetic eye sees and the soul feels:

Clouds flowing and turning into raindrops,

Just like all love begins with tears,

When people feel the most difficult and lonely,

Like your tears falling on my shoulders,

Water droplets melt the temperature and refresh the ear

　　　　—「Like your tears falling on my shoulders」

The Korean War broke out in June 1950 and lasted for more than three years, causing the Korean peninsula divided into South Korea and North Korea, for 70 years until now. The civil war at that time caused international intervention and made the tragedy of many families being destroyed, even in the hearts of Korean poets in the 21st century, there is still lingering family and national pain. But through poetry, the poet turns the grief into strength, turning the darkness into a beacon of light:

On the Baekrokdam where the white deer lights the fire,

Take out the red heart of the camellia flower,

Whether you have a soul or not,

Oh, countless lost spirits who can't find their way,

May you become Jeju's true flowers in your next life,

And become beacons that illuminate every nook and cranny,

May you become lighthouses that illuminate your hometown's mountains and streams.

—「Come to the Lighthouse of Peace」

After all, poetry becomes a flower of comfort, a hope for peace in mind. As shown in the last stanza of the short poem "Nests of Birds" with the same title as this poetry book, the poem makes people yearn for something beyond reality, not cling to the existing peace and happiness, but are full of bright expectations in pursuing and flying to higher places:

Knowing their destiny is to fly high,
birds do not build nests to stay.

July 15, 2023

# 濟州, 詩的風景線

李魁賢

記得1985年9月去首爾參加亞洲詩人會議, 先順路遊濟州島, 島有山有水, 漢拏山為韓國第一高峰, 我去攀登城山日出峰, 到海邊參觀海女潛海採珠, 留下深刻印象。不料38年後, 拙詩〈城山日出峰〉蒙濟州國際大學特聘教授梁琴姬韓譯, 發表在她的網路專欄《梁琴姬教授世界文學行》, 得以結識梁教授, 並欣賞她的精彩詩作。

梁教授是濟州人, 長住濟州, 與濟州血脈相連, 自然把濟州描繪出詩的風景線, 讓我讀她的詩, 感受如同重遊濟州。梁琴姬詩集《鳥巢》中描寫山, 當然不能忽略代表性的漢拏山:

在我眺望漢拏山時,

你凝視裸山峰,

我們互相為新生命賦予智慧,

14

展示彼此更大的成長潛力。

互相鼓勵, 破殼而出, 而成長。

—〈眺望漢拏山和裸山峰〉

眺望山的雄偉, 移情同感, 激勵潛力, 就「破殼而出」。詩人從山的高聳, 比擬人生「不斷破殼而出」的成長, 內心充滿「快樂和自信」。從韓國第一高峰的漢拏山 1947公尺, 對比於喜馬拉雅山脈的裸山峰 8126公尺, 有一山比一山高的態勢, 但山不在高低, 端在對人生啟示發揮潛力成長的效用。

梁琴姬詩集《鳥巢》描寫海, 遠多於山, 畢竟濟州島四面環海, 海給人生命活潑力量來源的啟發, 孕育出無窮希望:

我早上步行去水月峰
伴著海浪的聲音。


露草黎明時沾滿露水,
羞怯綻放好像跟海在戀愛,
在海水的鹹味中
不會放棄渴望

—〈遮歸海岸〉

而更特別的是, 對靠海維生的島上漁民來說, 海更是萬物賴以滋生的場域，提供無窮盡的資源：

> 海不能養育，
>
> 群山不能養育，
>
> 什麼東西不長在山脊上，
>
> 但可在海底谷滋生。

> ——〈在海灘上觀察生命〉

尤其是對離於島的著墨較多，離於島是離馬羅島149公里的海下暗礁，傳說是漁民捕魚喪生後居留的地方，所謂魂歸離恨天，應是往生長住之處，在韓國濟州母親們心中，「永恆的離於島／這已經成為星星」，是「海女下水作業，／紅色夕陽／眼睛被他們的蚵刀刺傷」的地方：

> 咬住嘴唇的母親們
>
> 對島嶼的懷念
>
> 神祕離於島！
>
> 神祕離於島！

> ——〈母親們的離於島〉

離於島在濟州人心目中，兼具絕望與希望之地，渴望去玩但永遠無法活著到達，眼睛看不見卻又虛無飄渺在海平面。離於島又牽涉到韓中的國際領土爭端，中國主張離於島屬於中國，名稱是蘇岩礁。

〈神祕離於島〉是一首風行於濟州婦女的歌, 海女出海時要唱, 所以常在濟州母親們心中迴蕩。歌詞詠唱著海女的命運:「神祕離於島, 神祕離於島, 神祕離於島 / 去哪裡, 划船去哪裡 / 全部上船到大海深處 / 母親生下我的地方 / 她知道潛水是我的命運嗎?」

兼具絕望與希望這種雙重性, 是普通人民最難以取捨的無奈, 有時只能聽天由命, 人永遠無法超越決定命運的極限, 只有寄福同心相連, 而勇敢的濟州婦女, 幾乎時時刻刻在心中掙扎:

當風起, 浪湧時,
濟州婦女擔心出海去的
丈夫和兒子,
望著白色浪濤拍打岩石。

——〈何時能看到離於島〉

然而只要有所作為, 通過公權力的設計與運作, 在某種程度上, 可以改善生態, 有助於民生和生靈安全, 成為令人安慰和嚮往的聖地:

尋找離於島的人
跨海超越傳說,
終於建立起離於島海洋科學基地,
綻放濟州婦女願望的蓮花底座,

17

矗立在一望無際的海洋上。

—〈何時能看到離於島〉

　　由於韓國政府在離於島建立海洋科學基地,「要安撫濟
州婦女的怨恨」,讓人民「夢見離於島 / …… / 變成美麗,
令人神往的島嶼」,完全扭轉虛無飄渺的印象,變成通往
太平洋的門戶,接觸海洋國際的通口:

　　風從離於島吹來

　　搖曳漢拏山麓下的樹葉。

　　說前往太平洋,前往海洋吧,

　　去統治離於島的外海

　　然後繁榮和富足就會到來。

—〈風從離於島吹來〉

　　此外,從梁琴姬詩集《鳥巢》還可讀到濟州島上許許多
多富有詩意的風景線。像描寫天地淵瀑布:

　　天地淵瀑布垂直下墜,

　　水滴在暴水中碎散,

　　不會彼此推開,而是互相擁抱。

　　天地淵瀑布位於濟州島西歸浦市天地洞,共有三層瀑
布從絕壁岩洞,伴着天雷轟鳴聲而下的白色水柱飛流入

18

海, 非常壯觀。第一層瀑布的涼水從洞頂湧現, 落入眾神之池, 再由此30公尺高度沖下河中, 流向大海。但詩人不描寫景觀, 而是呈現詩眼所見, 心靈所感受到的太虛妙境:

> 天地淵瀑布垂直下墜,
>
> 水滴在暴水中碎散,
>
> 不會彼此推開, 而是互相擁抱。
>
> ………………
>
> 雲流動, 變成雨滴,
>
> 正像所有愛情都以淚水開始,
>
> 當人民感到最艱苦孤獨的時候,
>
> 就像你的淚水落在我肩上,
>
> 水滴融化溫度, 刷新大地。
>
> ——〈就像你的淚水落在我肩上〉

　　1950年6月爆發的韓戰, 歷經三年多, 造成朝鮮半島分裂成韓國與北朝鮮, 持續已經70年, 當年內戰引起國際介入, 造成許多家破人亡的悲劇, 即使在21新世紀的韓國詩人心中, 仍有揮之不去的家族和民族傷痛。但詩人經由詩, 把悲痛化為力量, 扭轉黑暗成為光明的燈塔:

白鹿在點火的白鹿潭上,

取出山茶花的紅芯,

不管你有心無心,

啊, 無數失落的心靈找不到路,

願你們來生成為濟州真正花朵,

成為照亮每一個角落和縫隙的燈塔,

願你們成為照亮家鄉群山和溪流的燈塔。

——〈來到和平燈塔〉


　　畢竟, 詩成為安慰的花朵, 是心靈和平的希望。正如在詩集同題的短詩〈鳥巢〉最末詩行所表現的, 詩令人有超越現實性的嚮往, 不會固持既有的安樂, 充滿追求飛往高處的光明期待:


明知自己的命運是飛高

鳥類築巢不是為留住


2023. 07. 15.

# 제주, 시적인 풍경

리쿠이셴(李魁賢)

1985년 9월 아시아 시인 회의에 참석하기 위해 서울에 갔던 기억이 납니다. 그때 처음으로 제주도를 방문했습니다. 섬에는 산과 바다가 있었습니다. 한라산은 남한의 최고봉입니다. 성산일출봉에 올라서 해녀가 진주를 찾아 다이빙하는 해변에서 깊은 인상을 받았습니다. 뜻밖에도 38년 후, 양금희 제주국제대 특임교수가 나의 시 「성산 일출봉」을 우리말로 번역해서 《미래일보》의 〈양금희 교수의 세계문학기행〉에 게재하여 주었습니다. 그래서 양교수님과 친분을 쌓게 되었고, 그녀의 훌륭한 시를 읽을 수 있게 되었습니다.

양 교수는 제주 출신으로 오랫동안 제주에 거주하며 제주와 혈연관계를 맺고 있으며, 자연스럽게 제주를 시적 풍경으로 그리고 있습니다. 그녀의 시를 읽으면 마치 제주를 다시 찾은 듯한 느낌이 듭니다. 양금희 교수의 시 「새들의 둥지」는 산을 묘사하고 있는데, 당연히 대표적인 한라산도 빼놓을 수 없습니다.

내가 한라산을 바라보면,

그리고 네가 낭가파르바트를 바라보면,

우리는 서로에게 새로운 삶을 위한 지혜를 전하며,

서로의 가능성을 끌어올리며 성장한다


우리는 서로를 격려하고, 껍데기를 깨며 성장해 간다

인생은 새로운 껍데기를 깨면서,

— 「한라산과 낭가파르바트 정상을 바라보며」


  산의 웅장함을 바라보며 서로 공감하고 잠재력을 자극하여 "우리는 껍질을 깨고 나온다". 시인은 산의 높이에서 "지속적으로 새로운 것을 깨뜨리며" 생명의 성장을 은유하고 있습니다. 마음은 "기쁨과 자신감"으로 가득 차 있습니다. 대한민국 최고봉인 한라산(1,947m)부터 히말라야 낭가파르바트(8,126m)까지 후자가 전자보다 높습니다. 그러나 산은 높음과 낮음을 비교하는 것이 아니라, 생명의 잠재력과 성장을 불러일으키는 역할을 하는지가 중요합니다. 양금희 교수의 시집 『새들의 둥지』는 산보다 바다를 훨씬 더 많이 묘사하고 있습니다. 그것은, 제주도는 삶의 활력의 원천으로서 사람들에게 영감을 주고, 끝없는 희망을 키워 주는 바다로 둘러싸여 있기 때문입니다.

  산의 웅장함을 바라보며 서로 공감하고 잠재력을 자극하는 '껍데기 깨기'. 시인은 산꼭대기에서 생명의 성장을 '계속해서 껍데기를 깨고 나오는 것'에 비유하며, 마음에는 '행복과 자신감'이 넘칩니다. 대한민국 최고봉인 한라산(1,947m)부터 히말라야의 낭가파르바트 정상(8,126m)까지 한 산이 다른 산보다 높지만, 산은 높지도 낮지도 않은데, 삶의 잠재력과 성장을 고무시키는 역할을 하고 있습니다.

> 수월봉으로의 아침 산책은
> 파도 소리 동행한다
>
> 새벽이슬 함초롬한 달개비꽃
> 바다를 연모하듯 수줍게 피어
> 소금기 밴 바닷냄새에
> 그리움을 접지 않겠다
>
> ―「자구내 포구」

더욱 특별한 점은 바다를 생계로 삼는 섬 어부들에게 바다는 만물이 번성하고 무한한 자원을 제공하는 곳이라는 점이라는 것입니다.

> 바다에서 못 키우는 것
> 산이 기를 수 있듯,
> 산등성이에서 자라지 않는 것
> 해저에서 자라네
>
> ―「해변에서 바라본 인생」

특히 이어도에 관한 작품이 많이 있는데, 이어도는 마라도에서 149km 떨어진 해저 암초로 어부들이 낚시를 하다 목숨을 잃은 뒤 머물렀던 곳이라는 전설이 있습니다. 제주 어머니들의 마음속에는 "영원한 이어도 / 별이 되었다", "해녀가 물질하는 바다 / 비창에 찔렸나 / 눈시울 붉어지는 저녁놀"이 있습니다.

> 입술 깨무는
> 이어도를 향한 그리움
> 이어도 사나!
> 이어도 사나!
>
> ─「어머니의 이어도」

제주 사람들의 마음속에 이어도는 절망과 희망이 공존하는 곳, 가고 싶지만 살아서는 결코 닿을 수 없는 곳, 해수면에서는 눈에 보이지 않는 신비한 곳입니다. 이어도는 한중 간 국제영토분쟁에도 연루돼 있는데, 중국은 이어도 해역이 중국 소유이고 이름이 쑤엔자오라고 주장하고 있습니다.

'이어도 사나'는 제주 여성들에게 인기 있는 민요로, 해녀들이 바다에 갈 때 부르기 때문에 제주 어머니들의 마음에 자주 울려 퍼집니다. 가사는 해녀의 운명을 노래합니다. "이어도 사나, 이어도 사나, 이어도 사나 / 가는 곳, 배를 타고 어디로 가는지 / 모두 배를 타고 바다 깊은 곳으로 / 어머니가 나를 낳은 곳 / 그녀는 잠수가 내 운명이라는 것을 알고 있었을까?"

절망과 희망의 이중성은 평범한 사람들에게 가장 어려운 선택입니다. 때로는 운명에 몸을 맡길 수도 있습니다. 인간은 자신의 운명이 정한 한계를 결코 넘을 수 없고 오직 축복을 나누고 같은 마음을 나눌 수 있을 뿐입니다. 용감한 제주 여성들은 거의 언제나 마음속에 저항심이 있습니다.

> 바람이 불어 파도가 치면
> 바위에 부서지는 흰 물결 보며
> 제주 아낙들은 고기잡이 떠난
> 남편과 아들을 걱정했다
>
> ─「이어도가 보일 때는」

그러나 공권력의 설계와 운영을 통해 어떤 것이 완성되면 생태계가 어느 정도 개선될 수 있고, 이는 국민의 생활과 생명 안전에 기여할 수 있으며, 편안하고 바람직한 성지가 될 수 있습니다.

> 이어도를 찾던 사람들이
> 전설을 넘어
> 마침내 이어도 해양과학기지를 세웠다
> 망망대해에 우뚝 선
> 제주 여인의 기원으로 피어난 연꽃 기지
>
> ─「이어도가 보일 때는」

한국 정부가 이어도에 해양과학 기지를 건설한 이후 "제주 여성들의 한을 달래고", 국민들에게 "이어도 꿈꾸는 / ······ / 아름답고 탐나는 섬"을 선사함으로써 공허함과 환상을 완전히 뒤집고 태평양으로 가는 관문이자 해양 세계로 가는 통로로 바꾸게 됩니다.

> 이어도에서 불어온 바람
> 한라산 기슭의 나뭇잎을 흔드네
> 태평양으로 대양으로 가라고
> 이어도를 넘어 바다를 지배하면
> 번영과 풍요가 온다고
>
> ─「이어도에서 부는 바람」

또한 양금희의 시집 『새들의 둥지』에서는 제주도의 많은 시적 풍경을 읽을 수 있습니다. 천지연 폭포를 설명하는 것에서 보듯이:

> 천지연폭포는 수직으로 떨어지는데,
> 폭풍우에 물방울이 부서지고,
> 서로 밀어내기보다는 서로를 끌어안습니다

천지연폭포는 제주도 서귀포시 천지동에 위치해 있으며, 절벽 동굴에서 3단의 폭포가 흐르고 있으며, 천둥소리와 함께 바다로 떨어지는 하얀 물기둥이 장관을 이룹니다. 첫 번

째 폭포의 차가운 물은 동굴 꼭대기에서 솟아나 신들의 연못으로 떨어지며, 30m 높이에서 강을 타고 바다로 흘러내립니다. 그러나 시인은 풍경을 묘사하는 것이 아니라 시적인 눈이 보고 영혼이 느끼는 천상의 경이로운 영역을 제시합니다.

> 수직으로 낙하하는 천지연폭포
> 물보라 속으로 부서지는 물방울
> 밀어내지 않고 서로 그러안는다
>
> ...............
>
> 구름으로 흐르다 빗물 되어 내리는 물방울
> 사람이 가장 힘들고 외로울 때
> 모든 사랑이 눈물로 시작되었듯,
> 내 어깨에 떨구는 당신의 눈물처럼
> 물방울은 체온을 녹여 대지를 적셔 준다
> ―「내 어깨에 떨구는 당신의 눈물처럼」

1950년 6월에 발발한 한국전쟁은 3년여 동안 지속되었으며, 한반도는 지금까지 70년이 넘게 남한과 북한으로 분단되었습니다. 당시 내란은 국제적인 간섭을 불러일으키고 많은 가정이 파괴되는 비극을 낳았지만, 21세기 한국 시인들의 마음속에도 여전히 가족과 민족의 아픔이 남아 있습니다. 그러나 시인은 시를 통해 슬픔을 강인함으로 바꾸고 어둠을 빛의 등불로 바꿉니다.

> 흰 사슴이 불 밝히는 백록담에 올라
> 동백꽃 붉은 심장 꺼내어
> 넋이라도 있고 없고
> 길을 찾지 못한 수많은 영령이시여
> 부디 다음 생에선 제주의 참꽃 되어
> 방방곡곡을 밝히는 등불이 되소서
> 고향 산천을 밝히는 등대가 되소서
>
> ―「평화의 등대로 오라」

결국 시는 위로의 꽃이 되고, 마음의 평화를 위한 희망이 됩니다. 시집에 수록된 같은 제목의 짧은 시 「새들의 둥지」의 마지막 줄에서 볼 수 있듯이, 이 시는 사람들로 하여금 현실 너머의 것을 갈망하게 하며, 기존의 평화와 행복에 집착하지 않고 밝은 기운으로 가득 차게 합니다. 높은 곳을 추구하고 날아가는 것에 대한 기대가 나타납니다.

> 창공을 날아야 하는 숙명을 아는 새는
> 머물기 위해 둥지를 틀지 않는다

2023. 07. 15.

리쿠이셴(李魁賢:Lee Kuei-shien) 시인은 1937년 타이베이에서 출생한 대만 시인이다. 대만 국가 문화예술기금회이사장(國家文化藝術基金會董事長)을 역임하였고 현재 2005년 칠레에서 설립된 Movimiento Poetas del Mundo의 부회장이다.

그는 1976년부터 영국의 국제 시인 아카데미 (International Academy of Poets)의 회원이 되었고 1987년에 대만 PEN을 설립했으며 조직회장을 역임했다.

1994년 한국의 아시아 시인상, 1997년 대만 룽허우 시인상, 2000년 인도 국제시인상, 2001년 대만 라이호 문학상 및 프리미어 문화상, 2002년 마이클 마두사단 시인상, 2004년 우산리엔 문학상, 2005년 몽골문화재단 시인상 등을 수상했다.

그는 2002년, 2004년, 2006년도에 인도 국제 시인 아카데미 (International Poets Academy of India)의 노벨 문학상 후보로 3번이나 지명되었다.

그는 대만어로 28권의 시집을 발간하였으며 다양한 언어로 번역된 시집을 포함하여 60권의 시집을 발간하였다.

그의 작품들은 일본, 한국, 캐나다, 뉴질랜드, 네덜란드, 유고슬라비아, 루마니아, 인도, 그리스, 리투아니아, 미국, 스페인, 브라질, 몽고, 러시아, 쿠바, 칠레, 폴란드, 니카라과, 방글라데시, 마케도니아, 세르비아, 코소보, 터키, 포르투갈, 말레이시아, 이탈리아, 멕시코, 콜롬비아 등에서 번역되었다.

영역된 작품들은 "Love is my Faith"(愛是我的信仰), "Beauty of Tenderness"(溫柔的美感), "Between Islands"(島與島之間), "The Hour of Twilight"(黃昏時刻), "20 Love Poems to Chile"(給智利的情詩20首), "Existence or Non-existence"(存在或不存在), "Response" (感應), "Sculpture & Poetry"(彫塑詩集), "Two Strings"(兩弦), "Sunrise and Sunset"(日出日落) and "Selected Poems by Lee Kuei-shien"(李魁賢英詩選集) 등이 있으며 한국어 번역본은 2016년에 발간된 『노을이 질 때(黃昏時刻)』와 2024년에 발간된 『대만의 형상(台灣意象集)』이 있다.

그는 인도, 몽골, 한국, 방글라데시, 마케도니아, 페루, 몬테네그로, 세르비아 등에서 국제문학상을 받았다.

# Yang Geum-Hee, a lover of nature and a conservationist

By Nasir Aijaz

Sometimes it happens that you develop good friendly relations with a person whom you have never met. This has become possible mainly because of the cyber age we live in today, which has turned the world into a global village, as the internet, a marvelous invention of high-tech era, has connected the entire regions of the globe. Now the distance doesn't matter, as one-click is enough to cover the distance of thousands of kilometers. The friendship bond further strengthens with a realization that we all are the dwellers of same planet living under the same sky.

This happened in case of me and my South Korean friend, the Jeju Island-based poet and scholar Ms. Yang Geum-Hee, whom I have never met. I have been to

South Korea six times and once had a trip to Jeju Island, but never knew about Ms. Yang. It was early 2023 when we were connected thanks to Dr. Byeong, who had shared her poetry for my web portal Sindh Courier. Since then, I have been reading her poetry, sharing views online on Korean culture and society, folk literature etc. Her scholarly conversation, command on history, culture, and Korean society, helped me a lot to understand phases of development of Korean society.

It transpired during the conversation that Ms. Yang is nature-lover and has deep belonging to the mountains, waterfalls, beaches, fishermen, fauna and flora, winds, folklore, myths, legends, and culture of Jeju Island. She often talked of peoples' uprising against the foreign occupation, role of women played in development of Korean society etc. And whenever I read her poetry, I found reflection of her intense feelings for entirety of Jeju Island, which she pens down with the words and phrases emerging from the core of her heart. I find in her a poet, and a 'Green Panther' of Jeju Island, who is a lover of nature, a conservationist and a green activist.

As is evident from the title of book 'Nests of Birds', Ms. Yang minutely describes each and every thing that belongs to Jeju Island. She even loves the fallen leaves of trees during the harsh winters, as narrated in one of her recent poems 'House made of fallen leaves'. Another poem 'A cup of Korea Woojeon Green Tea' manifests her deep affection even for the Korean green tea. And while writing about the Nanga Parbat, the westernmost major peak of the Himalaya Mountain Range, she doesn't forget to mention Hallasan Mountain of Jeju Island. She mentions Hallasan Mountains in these words:

As I look at Hallasan,

And you gaze at Nanga Parbat,

We give each other wisdom for a new life,

Showing each other greater potential for growth.

Encouraging each other, we break out of our shells and grow.

The poem 'Looking at Halla Mountain and Nanga Parbat's peak' is not confined to mention or the comparison of two mountains, but revolves around the philosophy of life, as she says:

The moment we step out of our mother's embrace

And set foot in the world,

We realize that life is about breaking out of our shells.

When we taste the freshness of the unknown world,

We grow up by feeling the height of the world while
looking at the mountains.

No matter what mountain it is,

We take one step at a time towards its summit,

Overcoming any obstacles and being reborn anew.

Even if we face disappointment, wound, sadness, and pain,

We rise again and seek the joy of life,

Discovering the truth of a new life.


Ms. Yang, author of two collections of poetry books, 'Happiness Account' and 'Ieodo, Island of Legend and Existence', as well as one collection of essays titled 'Happy Companion', loves reading poetry books and writing the poetry. I would conclude with quoting her poem 'Reading poetry book' which amply elaborates her vision and command over the words to express whatever see reads, observes and feels. It seems as if the simple but beautiful and powerful words start pouring out from her heart:


Someone sent a book of poetry,


The fruit of someone's heart.

Bite off the poetry book that contains the poet's life,

Fruits of different sizes, different colors.

Poet read the world and ripe poetry fruit,

When you take a bite, thick juice flows out.

The ever-changing essence of nature,

Dressed in the language of poetry,

Be beautiful,

Even in the freezing cold,

Snowflake flowers bloom, the world is warmed by the poetry

Bitter, sweet, spicy, astringent,

Fruits with all the flavors in the world.

Pick up the language of poetry from the sky,

Find your way through the trees,

Catch the language of poetry in the sea,

Find the language of poetry like wild ginseng in the mountains,

And the winding path of the poet's life is deciphered in the starlight.

Listening to the chirping of the birds and the sound of the wind

The poetry heals wound, comfort and happiness,

The poet's fresh fruit ripens.

The poet breathes life into poetry

To guide the path of happiness,

Awaken the senses, open the eyes of intellect.

Finally, we bite the fruit of the poet.

# 자연을 사랑하는 양금희 시인의 시집『새들의 둥지』

나시르 아이자즈(Nasir Aijaz)

가끔은 한 번도 만난 적이 없는 사람과 좋은 친분을 쌓을 때가 있습니다. 이것은 주로 오늘날 우리가 사는 사이버 시대의 특성 때문에 가능해졌으며, 첨단기술 시대의 놀라운 발명품인 인터넷이 전 세계 지역을 연결함에 따라 세계를 지구촌으로 만들었습니다. 이제 클릭 한 번으로 수천 킬로미터의 거리를 커버할 수 있으므로 거리는 중요하지 않습니다. 우정의 유대는 우리가 모두 같은 하늘 아래에서 사는 같은 행성의 거주자라는 깨달음과 함께 더욱 강화됩니다.

저는 한국인 친구이자, 제주도에 사는 시인이자, 학자인 양금희 교수와 한 번도 직접 만난 적이 없습니다. 나는 한국에 여섯 번 갔고 한 번은 제주도를 여행했지만 양금희 시인에 대해 전혀 알지 못했습니다. 2023년 초, 내 웹 포털 Sindh Courier에 자신의 시를 공유해준 강병철 박사가 그녀의 시를 소개하며 알게 되었습니다. 그 이후로 나는 그녀의 시를 읽고, 한국 문화와 사회, 민속 문학 등에 대한 견해를 온라인으로 공유하고 있습니다. 역사, 문화, 한국 사회에 대한 학술적 대화는 한국 사회의 발전 국면을 이해하는 데 많은 도움이 되었습니다.

그녀와의 대화 중에 양 교수가 자연을 사랑하고 제주도의 산, 폭포, 해변, 어부, 동식물, 바람, 민속, 신화, 전설, 문화에 깊은 소속감을 느끼고 있다는 것을 알게 되었습니다. 그녀는 외세의 침략에 대항하는 민중봉기, 한국 사회 발전에 이바지한 여성의 역할 등에 대해 자주 이야기했습니다. 그리고 그녀의 시를 읽을 때마다, 나는 제주도 전체에 대한 그녀의 강렬한 감정이 반영되어 있음을 발견했고, 그녀는 마음 한가운데에서 솟아나는 단어와 구절을 받아 적었습니다. 나는 그녀에게서 시인이자 자연을 사랑하는 사람이자 환경운동가인 제주도의 '초록 표범'을 발견합니다.

책 제목인 '새의 둥지'에서 알 수 있듯이 양 씨는 제주도에 속한 모든 것을 세밀하게 묘사하고 있습니다. 그녀는 최근 시집 『낙엽으로 만든 집』에서 서술된 것처럼 혹독한 겨울에 나무의 낙엽을 좋아하기도 합니다. 또 다른 시 「한국 우전 녹차 한 잔」은 한국 녹차에 대한 깊은 애정을 드러냅니다. 그리고 히말라야산맥의 가장 서쪽에 있는 큰 봉우리인 낭가파르바트에 대해 글을 쓰면서 제주도의 한라산을 언급하는 것을 잊지 않는다. 그녀는 한라산을 다음과 같이 언급합니다.

> 내가 한라산을 바라보면,
> 그리고 네가 낭가파르바트를 바라보면,
> 우리는 서로에게 새로운 삶을 위한 지혜를 전하며,
> 서로의 가능성을 끌어올리며 성장한다

「한라산과 낭가파르바트 정상을 바라보며」라는 시는 두 산을 언급하거나 비교하는 데 그치지 않고, 그녀가 말하듯 삶의 철학을 중심으로 전개됩니다.

> 어머니의 품에서 벗어나서
> 세상에 발을 내디딘 순간,
> 삶은 껍데기를 깨는 것이라는 것을 깨닫게 된다

> 새로운 세상의 신선함을 맛볼 때,
> 산을 바라보며 세상의 높이를 느끼며 자라나게 된다

> 어떤 산이든 한 발자국씩,
> 또 한 발자국씩 그 산의 정상을 향해 나아가며,
> 어떤 난관이든 극복하고 새로운 삶을 시작한다

시집 『행복계좌』와 『이어도, 전설과 실존의 섬』 두 권의 시집과 『행복한 동행』이라는 제목의 수필집의 저자인 양금희 시인은 시집 읽기와 시 쓰기를 좋아합니다. 그녀의 시 「시집을 읽다」를 인용하며 글을 마치고자 하는데, 이 시집은 보는 것, 읽는 것, 관찰하는 것, 느끼는 것을 표현하는 것에 대한 그녀의 비전과 명령을 충분히 정교하게 다듬고 있습니다. 단순하지만 아름답고 강력한 말이 그녀의 마음에서 쏟아져 나오기 시작하는 것 같습니다.

어떤 사람이 보낸 마음의 열매
시인의 인생이 스며든 시를 깨문다
크기가 다르고, 색깔도 다른
세상을 읽으며 익어간 열매들
한 입 깨물면 풍성한 과즙이 흘러내린다

대자연의 변화무쌍함
시의 언어로 옷을 입혀
아름다워지고
얼어붙은 한파에도
눈꽃이 피어나
세상이 포근해진다
쓴맛, 단맛, 매운맛, 떫은맛까지
세상의 모든 맛이 담긴 과일들

하늘에서 시어의 열매를 따고
나무에서도 시의 길을 찾는다

바다에서 시어를 낚고

산에서는 산삼 같은 시어를 캔다

굴곡진 인생길 내력

별빛 언어로 해독되어 익어간다


새들의 지저귐과

바람의 말도 들으며

상처를 치료하고

편안함과 행복감을 줄

상큼한 과일이 익어간다


시인은 시에 생기를 주고

행복의 길을 안내하며

감성을 깨우고

이성을 눈뜨게 한다

마침내, 우리는 시인의 과일을 깨문다

나시르 아이자즈(Nasir Aijaz)는 카라치(Karachi)의
파키스탄의 신드 쿠리에(Sindh Courier)의 편집장
으로 저명한 저널리스트이자 언어, 문화, 문학 및
역사에 관한 9권의 책과 수백 편의 기사를 저술한
저자이다.

# Portrait of Poetess Yang Geum-Hee

By Tarık Günersel

Who roars gently?

Yang Geum-Hee.

A quiet storm, she is

an ocean disguised as

a drop of water

‒ healing our wounds.

She embraces everything

dutifully,

with an affectionate smile, so that

she can let us become aware

of harsh facts ‒ and

infinite possibilities

of kindness.

If, after midnight,

you hear a nightingale,

it's probably Yang Geum-Hee
walking along an asphalt road:
her feet lead to such harmony.
She needs no applause, sensing
the echoes her poems create
in each reader.
Her modesty
makes us think that
in the Land of Poetry
she is a visitor like us,
whereas she is our Host
hiding her identity.
Those of us who
secretly
perceive her secret
prefer to act naïvely
and ask her:
"Who is our host
in Poetryland?"
She feels that we have
guessed her secret
and smiles, beginning
to write
a new gentle roar.

# 양금희 시인의 초상

타릭 귀너셀

부드럽게 포효하는 이가 누구인가요?
양금희 시인.
조용한 폭풍,
그녀는 한 방울의 물로
위장한 바다
- 우리의 상처를 치유합니다.
그녀는 모든 것을 포용합니다.
충실하게,
그렇게 다정한 미소로
그녀는 우리가 깨닫게 해줄 수 있어요.
가혹한 현실과
친절의 무한한 가능성을.
만약 자정이 지나면
나이팅게일 소리를 들을 수 있겠죠.
아마 양금희 시인일 거예요.

아스팔트 도로를 따라 걸으면서도

그녀의 발은 조화를 이룹니다.

그녀는 박수가 필요 없어요.

그녀는 그녀의 시가 만들어내는 메아리를 감지합니다.

각 독자마다의.

그녀의 겸손함은

우리가 그런 생각을 하게 만듭니다.

시의 나라에서

그녀는 우리와 같은 방문객이에요.

그녀는 우리를 초대한 사람입니다.

자신의 정체를 숨기고 있습니다.

우리 중

남몰래

그녀의 비밀을 알아차리고

순진하게 행동하는 걸 더 좋아해요.

그리고 그녀에게 물어보세요.

"우리를 시의 나라로 초대한 사람이 누구죠?"

그녀는 우리가 그녀의 비밀을 추측했다는 것을 깨닫고

그리고 웃으며 새로운 포효를

쓰기 시작합니다.

타릭 귀너셀(Tar ı k Günersel)은 1953년에 태어난 튀르키예 시인, 연극가, 문학번역가이다. 그는 보가지치 대학(Bogazici University)에서 정치학을 전공하였고 파리 대학에서 철학 박사 학위를 받았다.

그는 시, 연극, 에세이 등 20권 이상의 책을 출판했으며, 다수의 문학 작품을 터키어로 번역하였다. 그는 정치적으로 적극적인 시를 쓰며 인권과 표현의 자유를 옹호하는 것으로 알려져 있다.

그는 문학을 촉진하고 표현의 자유를 지키는 국제 PEN 기구와 오랫동안 관련됐으며, 2009년부터 2011년까지 PEN 터키 회장으로, 국제 펜의 이사로 활동해 왔다.

그는 Sedat Simavi 문학상과 PEN 터키 번역상 등의 수상 경력이 있다. 특히, 1997년 '세계시의 날(World Poetry Day)'을 제안했고 PEN International에서 받아들여 UNESCO에서 3월 21일을 시의 날로 선포했다. 그는 Samuel Beckett, Vaclav Havel and Arthur Miller 등의 작품들을 튀르키예어로 번역했다.

그의 작품들은 "The Nightmare of a Labyrinth"(mosaic of poems and stories), and "How's your slavery goin'? His Olusmak"(To Become), a "life guide for myself," includes ideas from world wisdom of the past four millennia 등이 있다.

# A Rare Scripture of Nature: "Nest of Birds"

By Rupsingh Bhandari

Poetess Prof. Yang Geum-Hee, a vibrant poetess from the Jeju Island of South Korea, I met her in a program in Seoul and found her so humble, we had a short conversation. But, after receiving her beautiful anthology requesting me to write a few words. I regret that I didn't talk much with her. As I belong to the country of the Himalayas, I can feel her beautiful nature poems from her beautiful heart and hometown Jeju Island. After reading her poems, readers will certainly feel like visiting Jeju Island once in their lifetime.

In the anthology "Nest of Birds" Poetess Prof. Yang Geum-Hee discovers Nature's unwritten disciplines, untold mysteries, and unlooked dimensions, she observes nature and brings forth the enigmatic attributes in a

47

modest melody. Most of the poems in "Nest of Birds" deeply communicate with nature and the human core heart. Her lexicon bridges up humans to everything else. Her simple, tender, and serene way of conveying profound wisdom is unparalleled. Whoever goes through her poem can feel the power of a poet delivering mother-like love through the words.

Moreover, she uniquely captures nature's aesthetic and unfolds the unseen secret. In the poem "Nest of Birds" she simply expresses:

> Birds do not build their homes
> for themselves,
> but for their young ones

These lines resonate with the metaphysics of nature, the dynamicity of nature asking deep questions to the reader about how humans are trapped in a quagmire of the mundane. She stirs up human consciousness unnoticed. Thus, her dictums lead the reader to the poetic mystical world. She vividly renders her poetic multitudes through her softness yet alerts our responsibility.

Furthermore, her poems also usher us inner world of human life, she is concerned with the inner management of humans' way to attain happiness, and she tells the softness and the gratefulness of human capacity that needed to be morphed, in the poem "Address of Happiness" She beautifully gives clue of happiness the path of heart:

> Recognizing the word's address is simple
> follow the path of the heart

In these lines, she disentangles the way of happiness is the heart which is the house of love and care. Moreover, she tries to expand herself towards the better human through the poems and encapsulates the stark dichotomy of modern humans' lives and purposes to follow the humans' moral instinct. In the same way, she suggests us in the poem "Peace is in Mind" "Peace in all hearts, / Like snow falling from the sky," Thus, she is also a poetess of peace and love.

On the other hand, through her metaphors, and poems she advocates the deep interconnectedness of humans and nature. She writes about birds, trees, wind, pound, mountains, ocean, seashore, seasons, and beautiful landscapes. Her poems urge humanity to reevaluate humans' priorities and discover the Self in nature. Her experiences and deep feelings about humans' inner world and nature's depiction of this collection honestly communicate with readers as if she is whispering heaven hymns. As she depicts spring in the poem "Dream of the Goddess of Spring"

> Spring winds crash onto the tree's back,
>
> In the quiet afternoon, spring speaks in a blocked language.

She personifies spring as human and unpacks the mysterious beauty of spring and its toiled history. Therefore, through her poems, readers can travel unseen nature's grandeur.

Above all, through her poems, readers can uncoil the complex entangled human consciousness. Her poems are like rare scripture of nature, and holy as the unclimbed Himalayas. This beautiful anthology needed to be translated into many languages in the world. I wish her the best in the upcoming days.

# 희귀한 자연의 경전:『새들의 둥지』

룹씽 반다리(Rupsingh Bhandari)

대한민국 제주도 출신의 활력 넘치는 시인 양금희 시인을 서울의 한 프로그램에서 만났는데, 그녀가 너무나 겸손하다는 것을 알고 짧은 대화를 나눴습니다. 하지만 그녀의 출간 준비 중인 아름다운 시집을 받은 후 나는 몇 마디 써달라는 요청을 받았습니다. 나는 그녀와 많은 이야기를 나누지 못한 것을 후회했습니다. 나는 히말라야의 나라에 속해 있기 때문에 그녀의 아름다운 마음과 고향 제주도에서 쓰는 그녀의 아름다운 자연시가 느껴집니다. 그녀의 시를 읽고 나면 독자들은 분명 일생에 한 번은 제주도를 방문하고 싶은 마음을 갖게 되겠죠.

시집『새들의 둥지』에서 양금희 교수는 자연의 기록되지 않은 법칙, 말할 수 없는 신비, 보이지 않는 차원을 발견하고 자연을 관찰하며 그 불가사의한 속성을 겸손한 선율로 풀어냅니다.『새들의 둥지』의 시들은 대부분 자연과 인간의 핵심적인 마음이 깊이 소통하고 있습니다. 그녀의 어휘

집은 인간을 다른 모든 것과 연결해 줍니다. 심오한 지혜를 전달하는 그녀의 단순하고 부드러우며 고요한 방식은 타의 추종을 불허합니다. 그녀의 시를 읽는 사람은 그 말을 통해 어머니 같은 사랑을 전하는 시인의 힘을 느낄 수 있습니다. 더욱이 자연의 미학을 독특하게 담아내며, 보이지 않는 비밀을 풀어냅니다. 시 「새들의 둥지」에서 그녀는 간단하게 다음과 같이 표현합니다.

> 새들은 제 몸을 위해 집을 짓지 않는다
> 어린 새끼를 위해 둥지를 튼다

이 시구절은 자연의 형이상학과 자연의 역동성을 반영하여 인간이 어떻게 세상의 수렁에 갇혀 있는지 독자에게 깊은 질문을 던집니다. 그녀는 눈에 띄지 않게 인간의 의식을 뒤흔듭니다. 따라서 그녀의 말은 독자를 시적 신비의 세계로 이끕니다. 그녀는 부드러움을 통해 시적 군중을 생생하게 표현하면서도 우리의 책임을 경고합니다. 더욱이 그녀의 시는 우리에게 인간 삶의 내면세계를 안내하고, 인간이 행복을 얻기 위한 방법의 내적 관리에 관심을 갖고 있으며, 변화되어야 할 인간 능력의 부드러움과 감사함을 시 「행복의 주소」에서 이야기하고 있습니다. 그녀는 행복의 단서를 마음의 길로 아름답게 제시합니다.

> 말의 주소를 알아차리는 방법은 간단하다

마음의 길을 따라 이정표가 없어도 누구나 찾을 수 있는 온
도를 따라가면 된다

이 대사에서 그녀는 행복의 길은 사랑과 보살핌의 집인
마음이라는 것을 풀어냅니다. 또한 시를 통해 더 나은 인간
을 향해 자신의 확장을 시도하며, 인간의 도덕적 본능을 따
르려는 현대인의 삶과 목적의 냉혹한 이분법을 담아냅니
다. 마찬가지로 그녀는 시 「그대 마음속의 평화」에서 "모든
마음에 평화가 깃들기를, 하늘에서 내린 눈이 세상을 덮듯
이"처럼 평화를 노래하는 평화와 사랑의 시인이기도 합니
다.

한편, 그녀는 은유와 시를 통해 인간과 자연의 깊은 상호
연관성을 옹호합니다. 그녀는 새, 나무, 바람, 파운드, 산, 바
다, 해변, 계절, 아름다운 풍경에 대해 글을 씁니다. 그녀의
시는 인류가 인간의 우선순위를 재평가하고 자연 속에서
자아를 발견할 것을 촉구합니다. 인간의 내면세계와 자연
이 그려낸 이번 컬렉션에 대한 작가의 경험과 깊은 감정은
마치 천국의 찬송을 속삭이듯 독자들에게 솔직하게 전달됩
니다. 그녀는 「봄의 여신의 꿈」이라는 시에서 봄을 묘사하
고 있습니다.

봄 바람이 나무 등을 때리고, 조용한 오후에 봄은 막힌 언
어로 말하네

시인은 봄을 인간으로 의인화하여 봄의 신비한 아름다움과 고된 역사를 풀어냅니다. 그러므로 독자들은 그녀의 시를 통해 보이지 않는 자연의 위대함을 여행할 수 있습니다. 무엇보다 독자들은 그녀의 시를 통해 복잡하게 얽힌 인간의 의식을 풀어낼 수 있습니다. 그녀의 시는 보기 드문 자연의 경전 같고, 아직 오르지 못한 히말라야 산처럼 거룩합니다. 이 아름다운 시집은 세계 여러 언어로 번역되어 마땅합니다. 앞으로 그녀에게 최고의 행운이 있기를 바랍니다.

룹씽 반다리(Rupsingh Bhandari) 시인은 네팔 카르날리주(Karnali Province)에서 1982년에 태어났다. 그는 트리부반 대학교(Tribhuvan University)에서 영문학 석사학위를 취득하였으며 시인, 비평가, 편집자, 번역가, 사회 운동가로 활동하고 있다. 그는 영어, 네팔어, 힌디어로 글을 쓰고 있으며 시, 단편소설, 기사, 번역작품들을 출판하였다. 그는 『양심의 양자(Conscience's Quantum)』 시집을 출간하였으며 『2020년 국제팬데믹시선집(International Anthology of Pandemic Poetry 2020)』의 편집자였으며 'Words Highway International(문인협회)'의 설립자다.

# Poetess Ms. Yang Geum-Hee – the wizard of words

By Kieu Bich Hau

In the early lunar new year of 2024, I have had a great joy to travel in the imaginative world of words by poetess Ms. Yang Geum-Hee.

Poetess Ms. Yang Geum-Hee's poetry collection "Nests of Birds" beautifully captures the essence of nature's nurturing and selfless love through the lens of bird nests. The imagery of birds building nests for their young ones, sacrificing their comfort for the sake of their offspring, reflects a profound sense of care and responsibility. Through these poems, poetess Ms. Yang Geum-Hee invites readers to contemplate the interconnectedness of life and the instinctual drive for growth and freedom. The simplicity of the verses belies their deeper message about resilience, sacrifice, and the universal longing for transcendence. Overall, "Nests of Birds" is a poignant exploration of the tender bonds of parenthood and the enduring spirit of life.

In her poetry collection, poetess Ms. Yang Geum-Hee demonstrates a remarkable mastery of language, effectively weaving words into enchanting tapestries of imagery and emotion. Her portrayal of happiness as an ethereal account in the heavens is both imaginative and profound. Through her adept use of metaphor and symbolism, she transforms abstract concepts into tangible experiences, inviting readers to immerse themselves in the wonders of the human psyche.

Poetess Ms. Yang Geum-Hee's poetic prowess shines through in her depiction of happiness asa celestial entity unaffected by earthly concerns such as passwords or bankruptcy. Her words resonate with a sense of hope and optimism, offering solace even in the darkest of times. The imagery of shining stars illuminating the happy account during the night, and the revelation of blue skies behind the clouds, evokes a sense of wonder and awe.

Furthermore, poetess Ms. Yang Geum-Hee's ability to infuse her poetry with themes of love and resilience adds depth and richness to her work. Through her verses, she encourages readers to find joy in the simple pleasures of life and to believe in the inherent goodness of the world. Overall, poetess Ms. Yang Geum-Hee's poetry is a testament to her skill as a "wizard of words," captivating audiences with her lyrical prose and inspiring them to embrace the beauty of existence.

Hanoi, 29thFebruary 2024

# 언어의 마법사 - 양금희 시인

키이우 비크 하우(KIỀU BÍCH HẬU)

2024년 이른 설날, 양금희 시인의 상상 속 말의 세계를 여행하며 큰 기쁨을 누렸습니다.

양금희 시인의 시집 『새들의 둥지』는 새 둥지를 통해 자연의 보살핌과 사심 없는 사랑의 본질을 아름답게 포착하고 있습니다. 새끼를 위해 둥지를 짓고 새끼를 위해 편안함을 희생하는 새들의 모습은 깊은 보살핌과 책임감을 반영합니다. 양금희 시인은 이 시를 통해 독자들에게 삶의 상호 연관성과 성장과 자유를 향한 본능적인 욕구를 성찰하도록 초대합니다. 구절의 단순함은 회복력, 희생, 초월에 대한 보편적인 갈망에 대한 더 깊은 메시지를 담고 있습니다. 전반적으로 『새들의 둥지』는 부모의 다정한 유대감과 지속적인 삶의 정신에 대한 가슴 아픈 탐구입니다.

그녀의 시집에서 양금희 시인은 언어에 대한 놀라운 숙달을 보여 주며, 단어를 이미지와 감정의 매혹적인 다양한 색조를 효과적으로 엮어냅니다. 행복을 하늘의 천상의 이야기로 묘사하는 그녀의 묘사는 상상력이 풍부하고 심오합니다. 그녀는 은유와 상징을 능숙하게 사용하여 추상적인 개념을 유형의 경험으로 변형시켜 독자들이 인간 정신의 경이로움에 빠져들도록 유도합니다.

양금희 시인의 시적 기량은 암호나 파산과 같은 세속적인 걱정에 영향을 받지 않는 천상의 존재로서의 행복을 묘사하는 데서 빛을 발합니다. 그녀의 말은 희망과 낙천주의로 울려 퍼지며 가장 어두운 시기에도 위안을 줍니다. 밤 동안 행복한 계정을 비추는 빛나는 별의 이미지와 구름 뒤의 푸른 하늘이 드러나는 모습은 경이로움과 경외심을 불러일으킵니다.

더욱이 사랑과 회복이라는 주제를 시에 녹여내는 양금희 시인의 능력은 그녀의 작품에 깊이와 풍요로움을 더해 줍니다. 그녀의 시를 통해 그녀는 독자들이 삶의 단순한 즐거움에서 기쁨을 찾고 세상에 내재된 선함을 믿도록 격려합니다. 전반적으로 양금희 시인의 시는 서정적인 산문으로 청중을 사로잡고 존재의 아름다움을 받아들이도록 영감을 주는 '말의 마법사'로서의 그녀의 능력을 입증합니다.

키이우 비크 하우(KIỀU BÍCH HẬU) 작가는 베트남 문인협회 회원(Member of Vietnam Writers' Association)이며 1972년생으로 베트남 흥옌 성(Hung Yen Province) 출신이다. 그녀는 하노이 대학의 외국어(영어)사범대학을 1993년 졸업하며 본격적인 작가의 길을 걸었으며 베트남문인협회 대외업무이사(2019년부터 현재까지)를 맡고 있다. 베트남 패션잡지 New Fashion Magazine의 편집 담당, Intellectual Magazine의 부편집장 Garment의 부편집자를 역임하였으며 현재 하노이에 거주하고 있다.

그녀는 1992년에 티엔퐁(Tien Phong) 신문사와 응우옌 두(Nguyen Du School) 학교가 공동주최한 문학상을 수상하였고 2007년에 문학신문이 주최한 문학상에서 2등 수상을 하였다. 2009년에 '무술과 문학 잡지(Military Arts & Literature Magazine)'가 주최한 문학상에서 우수단편소설상을 수상하였다. 2015년에는 '해군사령부(Naval Command)'에서 주최한 문학상의 단편소설부문 최우수상을 수상하였다. 2022년에 베트남과 헝가리 문화와 문학 관계를 풍부하게 심화시킨 공적으로 다누비우스 예술상(The ART Danubius Prize)을 수상하였다.

키유 빅 하우(KIỀU BÍCH HẬU) 작가는 그 동안 시집 및 산문집, 소설집 등 22권의 저서를 출간했다. 그녀는 경북 경주 힐튼호텔에서 '한글, 세계와 소통하다'를 주제로 개최된 (사)국제PEN한국본부 주최의 '제8회 세계한글작가대회(THE 8th' INTERNATIONAL CONGRESS OF WRITERS WRITING IN KOREAN)'에 주빈국인 베트남 대표작가로 초청되어 '베트남(주빈국)에서 한글과 한글 문학의 역할'에 대한 주제로 '시(詩)의 다리로 영혼을 잇는 기적'을 발표, 대회에 참가했던 전세계 작가들로부터 많은 찬사를 받기도 하였다.

# The Birds' Nest by Yang Geum-hee, the poet who became a path with the winds of Jeju

By Euisu Byeon

Poet Yang Geum-Hee stands as one of the most prominent voices representing the essence of Jeju, seamlessly woven into the fabric of its mysteries. What kind of island is Jeju, veiled in its enigmatic allure? An island, by definition, is a realm embraced by waters, distinct from the mainland. Jeju whispers tales of abundant winds and stoic stones, entwined with the presence of its myriad women, all resonating with the rhythm of the sea and the dance of the wind.

Islands, secluded from the bustling footprints of human civilization, retain the vigor of ancient myths, steadfast in their endurance through time and space. Jeju, nestled amidst the embrace of nature and physically segregated from the mainland, embodies an island's essence.

Consider the life of a poet, nurturing dreams amidst the embrace of nature, birthing verses that sing of the soul's journey. Yang Geum-Hee emerges as a beacon among Jeju's literary stalwarts, her words transcending borders to resonate internationally. Through her role as a local journalist, she has etched Jeju's narrative onto the annals of recognition, weaving poems that reverberate with the echoes of historical pains and age-old dreams, living in symbiosis with Jeju as one of its own.

Her verses intertwine seamlessly with nature, transcending the realm of observation to embody its very essence. While many may gaze upon nature, engaging in dialogue with its elements, to become one with nature is an art of self-abandonment and transcendence, a beautiful amalgamation of selflessness. In the tapestry of Yang Geum-Hee's works, we discover such threads and imprints strewn abundantly. She emerges as the poet of Jeju, merging with the winds, embodying the essence of ivy leaves in her poetic oeuvre.

In lines such as "A road appears at the end of a language / at the end of the road there is the address of words"("The address of happiness") and "When / will I be able to run like the wind / on the curved road on earth without asking for a way"("The wind does not ask for a way" by poet Yang Geum-Hee), we are invited into a realm where language transcends its limitations, melding with the ethereal dance of the elements.

Renowned literary figures spanning the globe, including the likes of the world-renowned poet Lee Kuei-shien, thrice-nominated for the Nobel Prize in Literature; Nasir Aijaz, the editor-in-chief of Pakistan's leading newspaper Sindh Kurie; Turkic theater luminary, literary translator, and poet Tarık Günersel; Nepalese critic, translator, and social activist Rupsingh Bhandari; and Vietnamese poet and writer Kieu Bich Hau, have all hailed the virtues of Yang Geum-Hee's poetry. With equal fervor, I join in extending my heartfelt recommendation for this collection of poems by the radiant and serene poet of Jeju, Yang Geum-Hee.

# 제주의 바람과 길이 된
# 시인 양금희의 『새들의 둥지』

변의수(시인, 시계간 『상징학연구소』 편집발행인)


양금희 시인은 제주를 지키는, 제주를 대표하는 시인의 한 사람입니다. 신비스럽기만 한 제주는 어떤 섬일까요? 섬은 육지와는 분리된, 바다에 둘러싸여 있는 곳입니다. 제주에는 바람과 돌이 많다고 합니다. 여인들도 많은 것으로 옛적 말에는 있습니다. 모두 바람과 바다와 관련이 있겠지요.

우선, 섬은 육지보다는 인간의 문명이 상대적으로 덜 침투하여 신화적 요인들이 그래도 많이 남아 숨 쉬는 곳입니다.

자연과 가까운, 육지와는 물리적으로 떨어져 있는 시공간의 섬.

자연에서 시의 꿈을 키우고, 시집을 내는 시인은 어떤 사람일까, 하고 생각해 봅니다.


양금희 시인, 그녀는 현재 제주를 대표하는 시인으로 성장하여, 국제적으로 활발한 작품활동을 하고 있습니다. 그리고 제주의 지역 신문의 언론인으로 제주를 알리며, 제주의 역사적 아픔과 오래된 꿈을 이야기하는 시를 쓰고 있습니다. 말 그대로 양금희 시인은 제주인으로서 제주도와 한 몸이 되어서 삶을 살아가고 있습니다.

그녀의 시는 자연과 하나가 되어가고 있습니다. 자연을 바라보고, 자연과 대화를 하는 일은 쉽습니다. 누구나 하는 일이요 일상일 수 있습니다. 하지만, 자연이 되는 건 또 다른 일입니다. 시인이 자연이 된다는 건 자신을 깎아내고 비워내는 아름다운 일입니다.

양금희 시인의 작품에선 놀랍게도 그런 문장들과 흔적을 여기저기 보게 됩니다. 바람과 하나가 된 제주의 시인 양금희. 담쟁이 잎과 하나가 된 시인의 영혼을 이번 작품집에서 볼 수가 있습니다.

언어의 끝에서 길이 / 그 길의 끝에는 말의 주소가 있다

—「행복의 주소」

나는 언제쯤 / 길을 묻지 않고/ 지상의 구부러진 길을/ 바람처럼 달려갈 수 있을까

—「바람은 길을 묻지 않는다」

노벨문학상 후보로 3번이나 지명되기도 한 세계의 시인 리쿠이셴, 파키스탄의 유력지 신드 쿠리에의 편집장 나시

르 아이자즈, 튀르키예 연극인이요 문학번역가이자 시인인 타릭 귀너셀, 네팔의 비평가이자 번역가이며 사회 운동가인 룹씽 반다리(Rupsingh Bhandari) 시인, 베트남의 시인이자 작가인 키이우 비크 하우와 같은 저명한 문학인들이 양금희 시인의 시의 미덕에 찬사를 보내고 있습니다. 필자 역시, 화사하고 온화한 제주의 시인 양금희의 이번 시집에 흔쾌히 추천의 말을 올립니다.

변의수(卞義洙) '상징학연구소' 발행인은 1991년 제1시집에서부터 자신만의 독보적이고도 강렬한 개성을 선보이며 실험창작을 수행해오고 있다. 그는 시 창작만이 아니라 소설, 미술, 건축 등의 예술 평론까지 수행함으로써 시 또한 다양한 예술 장르와 결합된 풍부한 내용과 세계를 보여주고 있다.

그런 시인은 사물과 인간을 동일한 생명체로 보는 신화적 세계관 아래 과학적 시야를 신화적 세계로 확장하여 현대문명과 신화적 꿈의 세계를 자유롭게 오가며 삶과 사랑에 관한 심오한 존재론적 성찰과 이미지들을 그려내 보여주고 있다. 구도자적 예술혼으로 혼신의 힘을 기울여 작업해낸 변의수 발행인은 1991년 제1시집 『먼 나라 추억의 도시』를 발간하고 1996년 2월 『현대시학』에 시 발표로 본격 시단 활동을 하였다. 그는 2002년 제2시집 『달이 뜨면 나무는 오르가슴이다』 이후 [비의식의 상징론] 주창. 2008년 제3시집(장편) 『비의식의 상징: 자연·정령·기호』, 제4시집 『비의식의 상징: 검은 태양 속의 앵무새』, 제1평론집 『비의식의 상징: 환상의 새떼를 기다리며』, 시론집 『비의식의 상징: 상징과 기호, 침입과 항쟁』 이후 [메타기호학: 비의식 상징론] 주창, 2009년 제2평론집 『신이 부른 예술가들』, 제3평론집 『살부정신과 시인들』, 2010년 미술평론집 『서상환과 현대미술의 이해』, 2013년 예술평론집 『서상환의 미술기호: 박상륭 소설과 변의수의 시를 만나다』, 2015년 『융합학문 상징학』 I · II 출간: '상징학'을 독립된 신생학문으로 제시, 2019년 시의 공동창작 주창(주원익·강서연·박이영·서상환·이채현 등과 작업), 2021년 시 계간지 『상징학연구소』 창간(발행·편집인).

그의 많은 시작품들은 베트남, 그리스, 멕시코, 이탈리아 등에서 언론에 소개되어 세계의 많은 독자들에게 사랑받고 있다.

# 차
# 례

# 차
# 례

# The wind doesn't ask the way

No matter how much time goes by,
Wind never getting older
Even though Winddoesn't have a mouth
Wind always say something What have to say
Even though Wind doesn't have eyes
Never lose her direction

When Wind face an angular face,
Wind always blowing somewhere else,
Without scratching or hurting
Wind Never stay,
even though face soft face

When can I run on the crooked road on the earth,
without asking for directions

# 바람은 길을 묻지 않는다


세월이 가도
늙지 않는
바람의 나이

입이 없어도
할 말을 하고
눈이 없어도
방향을 잃지 않는다

모난 것에도
긁히지 않고
부드러운 것에도
머물지 않는다

나는 언제쯤
길을 묻지 않고
지상의 구부러진 길을
바람처럼 달려갈 수 있을까

# Happy Account

Happy account,

Which is in the Heaven

Needless memorize password for Account

Even at night,

Shining star lights fill in the happy account

So, don't worry about bankruptcy

Even though it's a cloudy day

Believe that the clouds do contain happy account,

Behind of their dark clouds

When you see blue sky,

It's a day,

You transfer love to happy account

Withdrawal is Always Possible

The happier,

The interest rate is high

# 행복계좌

하늘에있는
행복계좌는
번호를몰라도
문제없네

밤에도별빛을채워
계좌가비는날은없으니
흐린날에도
먹구름뒤의
행복계좌를믿으라

하늘이더욱파란날은
행복계좌로
사랑을이체하는날

출금은
언제나
가능하고
행복할수록
이율은높다

# A Crape Myrtle

When you get discouraged,

I call you a crape myrtle

Hoping you might be full of life,

As a flower tree red for one hundred days,

A crape myrtle.

Named like that

Your appearance, withering with heat,

Might recover subtle aroma and

Rosy color again,

And for one hundred days


You may put out prink buds,

I call you

A crape myrtle,

Pretending as if I don't know your name

## 목백일홍 木百日紅

풀죽은 너에게
백일홍 하고 부르면
백일쯤 생기를 더 뿜을 것 같아
다정히 불러 본다

너를 부르면
무더위로 시들던 너의 자태에
은은한 향기와 화색이 돌아
백일쯤은 분홍 꽃망울
맘껏 피울 것 같아
네 이름 모른 척
불러보네
백일홍

* 백일홍: 7월에 꽃이 피기 시작하여 꽃이 다 지기까지 100일 정도
  걸린다 하여 백일홍이라고 함

# The Yellow Jumper

The yellow winter jumper,

Received as a gift long ago,

I lost

Much regret follows

As much as fondness

For the lost things.


Where did I put

The bright color of purity

On the gray pavement?

It is so clear

My days of chick's downy hair,

Spring time it was

Lost, so remaining forever in my heart.

# 노란 점퍼

오래전에 선물로 받은
노란 겨울 점퍼
잃어버렸다

잃어버린 것은
아끼던 만큼
아쉬움이 따른다

어디에 두고 왔을까
회색빛 포도鋪道에서
화색이 돌던 순수

너무도 선명하다
병아리의 솜털을 가졌던 시기
봄이었으니
잃어서 영원히 가슴에 남아

# Essay on soil

Soil is the mother of all living things

Giving a Belly to bear seeds

Giving warm hugs for raise

Giving fond look to the tender buds

Hold trees which is swaying in the wind

Permit its root deep into her flesh

Regardless of grains and weeds,

Treat them without discrimination

Ants and elephants,

Neither the wicked nor the good,

All step on earth's back and walk a long way

Peace and rage, war and love

All equal on the ground

All beings

Crumble on the soil

When all things turn to dust and lie down

Earth Hug warmly and tightly

# 흙에 대한 소고

흙은 생물들의 어머니다
배를 내주어 씨앗을 품고
따스한 포옹으로 키운다
여린 새싹들을 다정히 보며
바람에 흔들거리는 나무들
제 살 깊이 박아 붙들어 준다

곡식과 잡초를 가리지 않고
차별 없이 대해 준다
개미도 코끼리도
악인도 어린이도
그 등을 밟고 먼 길을 걸어간다

평화와 분노도 전쟁과 사랑도
흙 위에서는 평등하다

모든 존재는
흙 위에서 스러져 간다
언젠가 먼지가 되어 돌아누우면
대지는 따뜻하게 꼭 안아준다

# I call you 'Beotnamu(Friend Tree)'

You are the tree of memories

When I was a spring maiden

I called your name for the first time

You, who always smiled at me even when I called

'Cherry Blossom' a 'Friend Tree',

Spring sways among the haze

The day I had no friends and no place to go

I walked into the shade of the flowers you spread out

Through the scenery of scattering flower rain

A child who spreads his hands and receives a rain of

flowers,

A person who spreads his easel and draws spring,

A person playing guitar without an audience,

An old woman spreading spring greens on newspaper,

A person leaning on a bench and waiting for someone

When you scatter flower petals,

How beautiful are the landscapes that permeate each

other

The people in the landscape that you became friends with

Like the fluttering cherry blossom petals, they will all leave someday.

# 당신을 '벚나무' 부른다

당신은 기억을 찾아 주는 나무
내가 봄처녀였을 때,
당신의 이름을 처음 불렀었죠
'벚'을 '벗'이라 불러도 마냥 웃어 주던 당신,
봄이 아지랑이 사이에서 흔들거리고
벗이 없어 갈 곳 없던 날
당신이 펼쳐 준 꽃그늘 속으로 걸어갔지요
꽃비 흩날리는 풍경 사이로
꼬막손을 펼쳐 꽃비를 받는 아이,
이젤을 펼치고 봄을 그리는 사람,
관중 없이 기타를 치는 사람,
신문지에 봄나물을 펼쳐 놓은 할머니,
벤치에 기대어 누군가를 기다리는 사람
당신이 뿌려 주는 꽃잎 흩날릴 때
서로 스며드는 풍경이 어찌 그리 고운지
〉

당신이 벗 되어 주신 풍경 속 사람들도
흩날리는 벚꽃잎처럼 언젠간 모두 떠나겠죠

# Nests of Birds

Birds do not build their homes

for themselves,

but for their young ones

They build nests in bushes or tree holes

and share warmth with each other

With that strength,

they become the wind,

they become the clouds,

to open their way to the sky

Knowing their destiny is to fly high,

birds do not build nests to stay.

# 새들의 둥지

새들은 제 몸을 위해
집을 짓지 않는다
어린 새끼를 위해 둥지를 튼다

덤불 속, 나무 구멍 속
서로 온기를 나눈다

그 힘으로
하늘에 길을 열기 위해
바람이 된다
구름이 된다
창공을 날아야 하는 숙명을 아는 새는
머물기 위해 둥지를 틀지 않는다

# Small moments, great happiness

In small moments, as always,
I feel great happiness.

When the morning sunlight shines on my face,
It's like all the worries in the world disappear.

In the moment when the spring rain tickles my
fingertips
And my palms get wet,
Or when I walk along the riverbank in the soft wind
And my face gets touched by the evening glow,

In the gentle breeze,
When the river water makes a rippling sound,
And in the moment when I can hear
The beating of my own heart,

Even in these small moments,
There is great happiness.

# 짧은 순간 큰 행복

언제나 그렇듯 작은 순간에
큰 행복을 느끼고 있네요

아침 햇살이 내 얼굴에 비치면
마치 세상 모든 걱정이 사라진 것 같아요

봄비가 손가락 끝을 간지럽히고
손바닥이 젖어 오는 순간
부드러운 바람 부는 강변을 걷다가
저녁노을에 얼굴이 물드는 순간

부드러운 바람에
강물이 찰랑거리는 소리를 내는 순간
내 심장의 박동이
들리는 순간

이렇게 작은 순간에도
큰 행복이 깃들어 있어요

# Come to the Lighthouse of Peace

Since there won't be any special events today
My father left home, waving his hand, saying not to worry
As something suspicious is happening outside
We'll be back soon, after holding both hands tightly
Grandfather, grandmother,
Uncle who went out for a drink,
My sister who shone brighter than the spring sunlight!
And my little brother who was as fluffy as cotton!
All the flowers wilted before they could even bloom
Oh April camellia flowers!
April has come again, as usual this year
But the wind of "Year of No Animal Sign" blows
The season when flowers bloom in full is back
Where are you wandering with a handful of soil and
the wind?

The longing name of that day
For decades
We call out eagerly,

But there's no answer,

Do the waves know why?

Do the clouds see me?


Oh Heaven!

Oh Earth!

It's been decades of years since they left home,

When will the day come when their settled soul returns?

The sun rises as it did yesterday,

And the water flows as it did yesterday,

Oh souls, how can you not know how to come back?

When night comes, it's said that even the stars that left

home return,

And when dawn arrives, it's said that all the birds that

woke up from their sleep

Flap their wings vigorously toward the morning sky.

Which sky are you wandering in?

The land is still the same land,

And the sea is still the same sea.

Please come back,

Please come back.

The Beacon of Truth is lit,

We are waiting for you outside the East Gate

With the lamp of truth is already lit,

Father, mother, uncle, grandfather, grandmother,

Please come out on this brightly lit path now,

Hug us tight like before,

Let's dance wildly or even scream out loud.


On the Baekrokdam where the white deer lights the fire,

Take out the red heart of the camellia flower,

Whether you have a soul or not,

Oh, countless lost spirits who can't find their way,

May you become Jeju's true flowers in your next life,

And become beacons that illuminate every nook and cranny,

May you become lighthouses that illuminate your hometown's mountains and streams.

# 평화의 등대로 오소서

오늘 하루 별일 없을 테니
걱정하지 말라며 손 흔들고 집을 나선 아버지
바깥일이 하 수상하니
곧 돌아오마 두 손 꼭 잡아 주고 길을 나섰던
할아버지, 할머니
마실 나갔던 삼촌
봄 햇살보다 눈부시게 빛났던 언니야!
솜털처럼 보송보송하던 내 동생아!
꽃이 다 피기도 전에 어이없이 스러져 간
사월의 동백꽃이여!

다시 사월이 오고 올해도 어김없이
무자년의 바람이 부는데
꽃이 지천으로 만발한 계절이 돌아왔는데
어디에서 한 줌 흙으로 바람으로
떠돌고 계신가요?

그날의 그리운 이름
수십 년이 지나도록

애타게 불러 보는데
아무런 대답이 없는 이유
파도는 알고 있을까요?
구름은 보고 있을까요?

하늘이시여!
땅이시여!
집 나간 지 어언 수십여 년
한 맺힌 넋이 돌아올 그날은 언제일까요?
해는 어제의 해가 떠오르고
물은 어제의 물이 그대로 흐르는데
영혼이시여 어쩌자고 돌아올 줄 모르나요?

저녁이 오면 집 나간 별들도 모두
돌아온다는데
새벽이 오면 잠에서 깨어난 새들도 모두
아침을 향해 힘차게 날갯짓한다는데
어느 하늘을 방황하고 계신가요?
땅은 아직 그 땅이고

바다도 아직 그 바다입니다
돌아오소서
돌아오소서

진실의 등불 밝혀 놓고
동구 밖까지 마중 나와 있으니
아버지, 어머니, 삼촌, 할아버지, 할머니
이제 그만 환한 이 길에 나와
그때처럼 얼싸안고
한바탕 춤이라도 추고
소리라도 질러 볼까요

흰 사슴이 불 밝히는 백록담에 올라
동백꽃 붉은 심장 꺼내어
넋이라도 있고 없고
길을 찾지 못한 수많은 영령이시여
부디 다음 생에선 제주의 참꽃 되어
방방곡곡을 밝히는 등불이 되소서
고향 산천을 밝히는 등대가 되소서

# Like your tears falling on my shoulders
— About the water cycle

The Cheonjiyeon waterfall falling vertically,

Water droplets shattering in the midst of a waterstorm,

They don't push each other away, but embrace each other.

Like a pledge that can never be undone,

In the gap of accelerating speed,

Even if the round waters torn and shattered on volcanic rocks,

It doesn't spare its own body with countless curves.

The more it empties and becomes one, the faster it accelerates.

Even the shattered water with different time gaps

Gathers and becomes one under the waterfall.

Forgetting the fear that was falling, water flows to the ocean

Embracing each other without boundaries.

When the wind brings waves and overturns the seawater,

Water embraces each other to not fall apart.

From the ocean that the sun caresses, rising to the sky,

They hold onto each other, forming water droplets.

Clouds flowing and turning into raindrops,

Just like all love begins with tears,

When people feel the most difficult and lonely,

Like your tears falling on my shoulders,

Water droplets melt the temperature and refresh the earth

# 내 어깨에 떨구는 당신의 눈물처럼
— 물의 순환계에 대하여

수직으로 낙하하는 천지연폭포
물보라 속으로 부서지는 물방울
밀어내지 않고 서로 그러안는다

영영 돌아올 수 없는 다짐인 양
곤두박질치는 속도의 틈에서
둥근 물은 화산석에 찢기고 깨져도
무수한 곡선으로 제 몸을 아끼지 않는다
비우고 하나가 될수록 가속도가 붙는다

다른 시차를 두고 부서진 물도
폭포 아래 고여 하나가 된다
물은 곤두박질치던 기억을 잊고
경계 없이 서로 안고 바다로 흘러간다

파도를 몰고 온 바람이 바닷물을 뒤엎을 때
물은 떨어지지 않으려 서로를 안는다
태양이 애무하는 바다에서 하늘로 오르다
서로를 붙들어 물방울을 이룬다

구름으로 흐르다 빗물 되어 내리는 물방울
사람이 가장 힘들고 외로울 때
모든 사랑이 눈물로 시작되었듯,
내 어깨에 떨구는 당신의 눈물처럼
물방울은 체온을 녹여 대지를 적셔 준다

# Flight of the Ivy Leaf

The flock on the wall, bathed in the glow of sunset,
Dancing and fluttering with wings of crimson red.
On the rugged cliff, in their nest,
Proudly boasting their green wings in summer.

Thanks to the wall standing there,
Passion turned the sunlight even more radiant.
As if weaving fabric, the wings were attached to the wall,
Growing long for a single flight.
Unaware that it was to be their final flight,
They strengthened their wings amidst the storm.

Those birds,
Living within the realm of the wall,
Desire to fly further away.
Ivy leaves rising to a different world,
Softly fluttering towards the soil,
Meeting the apex of life through an ecstatic flight.

# 담쟁이 잎의 비행

노을에 물든 벽의 새 떼
붉게 물든 날개 파르르 떨며 춤을 추네
깎아지른 절벽 위 둥지에서
여름날 초록 날개 자랑스레 흔들었지

그곳에 벽이 있기에
푸른 열정이 햇살을 더욱 빛나고
직물을 짜듯이 날개를 벽에 붙들고
한 번의 비행을 위해 자랐네
그것이 마지막 비행인 줄도 모른 채
비바람 속에서 힘살을 키웠지

저 새 떼는
벽의 세계에서 살다가
좀 더 멀리멀리 날고파
다른 세상으로 차오르는 담쟁이 잎새
흙을 향하여 사뿐사뿐
황홀한 비행으로 생의 정점을 맞는다

# When One Can See Ieodo Island

When winds blew and waves surged,
Jeje women worried about their husbands and sons
who had gone to sea,
watching white surfs splashing over the rocks.

Jeju women had to see Ieodo Island by all means
when several days and months had elapsed.

Ieodo Isand, Ieodo Island,
an island of plenty and comfort
that must be somewhere halfway along the Haenam
route.

Jeju women believed in the island.
an island free from pain or hunger and
full of lotus flowers,
that must be somewhere far over that ocean,
an island that would free their husbands and sons from
pain.

An underwater reef 4.6 meters below the surface

that can be seen from tall billows

an island fishermen would see on the verge of death

an island that gave solace to Jeju women.


Those who were looking for Ieodo Island.

across and beyond legends,

have finally built the Ieodo Island Marine Science Base,

a lotus base that has bloomed out of Jeju women's

wish,

standing tall and erect over the endless ocean.

# 이어도가 보일 때는

바람이 불어 파도가 치면
바위에 부서지는 흰 물결 보며
제주 아낙들은 고기잡이 떠난
남편과 아들을 걱정했다

며칠이 지나고
몇 달이 가면
기어이 제주 여인들은
이어도를 보아야만 했다

해남 길의 반쯤 어딘가에 있을
풍요의 섬 이어도
안락의 섬 이어도

제주 여인들은 섬을 믿었다
저 바다 멀리 어딘가에 있는
아픔도 배고픔도 없는 연꽃 가득한 섬
남편과 아들을
고통에서 해방시키는 섬을

높은 파도에서만 모습 보이는
수면 아래 4.6미터 수중암초
어부들이 죽음에 임박해서나 봤을 섬
제주 여인들에게 위안을 주던 섬

이어도를 찾던 사람들이
전설을 넘어
마침내 이어도 해양과학기지를 세웠다
망망대해에 우뚝 선
제주 여인의 기원으로 피어난 연꽃 기지

# A day in the spring rain

In the April spring day,

rain falls like a loved one coming.

Pansy flowers bought at the flower market last winter

planted in a flower bed,

getting soaked in the unfamiliar sky.


I crouch down and sit,

without an umbrella, next to the flowers.

I try to become a flower, getting wet in the spring rain.


Suddenly, the thought occurs to me

that this moment, getting wet in the rain with the

flowers,

could be the last.

I feel like I can endure getting wet in the rain

without using an umbrella.

Why do we become more forgiving

in the face of the word 'last'

As raindrops bounce off yellow petals,

the flower petals shake themselves

like a sparrow taking a bath in a puddle.

A flower-shaped sun rises above the green world

Those flowers truly know that

nothing is eternal in this world.

In every moment, without pause,

they express beauty and fragrance.

# 봄비를 맞는 날

4월의 봄날,
님 오시듯 비가 내린다
지난겨울 꽃시장에서 사다
화단에 심은 팬지꽃
낯선 하늘에서 비를 맞는다

자세를 낮춰 쪼그리고
우산 없이 꽃들 곁에 앉아 본다
봄비에 젖는 꽃이 되어 본다
문득, 꽃과 함께 비에 젖는
지금, 이 순간이
마지막일지도 모른다는 생각에
우산을 쓰지 않고
비 맞을 만하다는 생각이 든다
마지막이란 말 앞에서는
왜 너그러워지는 걸까

노란 꽃잎 위로 빗방울 튕기자
참새가 물웅덩이에서 목욕하듯

몸을 흔들어 대는 꽃잎들
초록 세상 위에 꽃태양이 떴다
이 세상에 영원한 건 없다는 걸
온몸으로 아는 것 같다
한순간도 쉼 없이
아름다움과 향기를 표현하고 있다

# Sketch of a Winter Pond

Enchanted by the autumn sky,

the gaze that lingered in the air

unaware of autumn's departure, frozen in place

With a hazy pair of ice glasses,

in the frigid stillness of the pond

who threw so many stones over there?

With each rock that flew and fell,

endured the pain of cracked skin

caught the gravity of the stone with a dry sob

Between the ice and body temperature,

the stones become even harder

while those digging into the ice flesh

are stranded on a polar island of ice

under the ice floes and the shadows of the rocks

the heart still remember, despite the cold

and so does the person who lives holding onto a single

rock.

# 겨울 연못 스케치

가을 하늘빛에 취해
물끄러미 허공에 머물던 눈빛
가을이 떠난 줄 모른 채 얼어붙었다
뿌연 얼음 선글라스를 쓴 채
싸늘한 정적이 흐르는 연못에
저리도 많은 돌을 누가 던졌을까
돌이 날아와 떨어질 때마다
살갗을 에는 균열의 아픔을 견디며
돌의 중력을 마른 울음으로 받아 냈겠다
얼음과 체온을 나누는 사이
돌들은 더욱 단단해져
한낮 햇살의 온기에 물렁해진 사이
얼음의 맨살을 파고드는 돌은
극점의 얼음 바다에 박힌 무인도
얼음장 밑, 돌섬 그늘이 먹먹할 것이다
차가워져도 잊혀지지 않는 가슴 속에
돌 하나 안고 사는 사람도 그럴 것이다

# The Splendid Flowers of a Tree That Endured Winter

The winter tree endures the cold wind with its awkward branches,

As its black trunk and branches stand strong and gaze upon the sky.

When spring comes, the splendid white cherry blossoms bloom,

Their petals flying in the wind, adorning the spring as the fruit of perseverance.

# 겨울을 견딘 나무의 화려한 꽃

겨울나무는 앙상한 가지로 차가운 바람을 견디고
검은 줄기와 가지는 굳세게 하늘을 바라보더니
봄날이 되어 화려한 하얀 벚꽃이 피어나서
바람에 꽃잎이 날리네, 인내의 결과로 봄을 장식하네

# Looking at Halla Mountain and Nanga Parbat's peak

The moment we step out of our mother's embrace
and set foot in the world,
we realize that life is about breaking out of our shells.

When we taste the freshness of the unknown world,
we grow up by feeling the height of the world while
looking at the mountains.

No matter what mountain it is,
we take one step at a time towards its summit,
overcoming any obstacles and being reborn anew.

Even if we face disappointment, wound, sadness, and
pain,
we rise again and seek the joy of life,
discovering the truth of a new life.

As I look at Hallasan,
and you gaze at Nanga Parbat,

we give each other wisdom for a new life,

showing each other greater potential for growth.

Encouraging each other, we break out of our shells and

grow.


Life is about continuously breaking out of new shells,

finding joy and confidence when we open eyes to a

new world.

We blossom friendship towards each other,

endlessly searching for new possibilities in life.


Being reborn while looking at the mountain

means discovering our inner selves,

and growing as we overcome all difficulties in life.

# 한라산과 낭가파르바트 정상을 바라보며

어머니의 품에서 벗어나서
세상에 발을 내디딘 순간,
삶은 껍데기를 깨는 것이라는 것을 깨닫게 된다

새로운 세상의 신선함을 맛볼 때,
산을 바라보며 세상의 높이를 느끼며 자라나게 된다

어떤 산이든 한 발자국씩,
또 한 발자국씩 그 산의 정상을 향해 나아가며,
어떤 난관이든 극복하고 새로운 삶을 시작한다

좌절, 상처, 슬픔, 아픔을 겪어도,
다시 일어나서 삶의 기쁨을 찾아가며,
새로운 삶의 진실을 발견하게 된다

내가 한라산을 바라보면,
그리고 네가 낭가파르바트를 바라보면,
우리는 서로에게 새로운 삶을 위한 지혜를 전하며,
서로의 가능성을 끌어올리며 성장한다

우리는 서로를 격려하고, 껍데기를 깨며 성장해 간다
인생은 새로운 껍데기를 깨면서,
새로운 세상을 열 때마다 기쁨과 자신감을 찾아간다

우리는 서로의 우정을 피어나게 하며,
새로운 가능성을 끝없이 모색하며 성장한다

산을 바라보며 새로운 삶을 시작하는 것은,
모든 어려움을 극복하면서
내면을 발견하고, 성장하는 것이다

# Reading poetry book

Someone sent a book of poetry,

the fruit of someone's heart.

Bite off the poetry book that contains the poet's life,

fruits of different sizes, different colors.

Poet read the world and ripe poetry fruit,

when you take a bite, thick juice flows out.


The ever-changing essence of nature,

dressed in the language of poetry,

be beautiful,

Even in the freezing cold,

snowflake flowers bloom, the world is warmed by the

poetry

Bitter, sweet, spicy, astringent,

fruits with all the flavors in the world.


Pick up the language of poetry from the sky,

find your way through the trees,

catch the language of poetry in the sea,

find the language of poetry like wild ginseng in the mountains,

And the winding path of the poet's life is deciphered in the starlight.

Listening to the chirping of the birds and the sound of the wind

The poetry heals wound, comfort and happiness,

The poet's fresh fruit ripens.

The poet breathes life into poetry
to guide the path of happiness,
awaken the senses, open the eyes of intellect.
Finally, we bite the fruit of the poet.

## 시집을 읽다

어떤 사람이 보낸 마음의 열매
시인의 인생이 스며든 시를 깨문다
크기가 다르고, 색깔도 다른
세상을 읽으며 익어간 열매들
한 입 깨물면 풍성한 과즙이 흘러내린다

대자연의 변화무쌍함
시의 언어로 옷을 입혀
아름다워지고
얼어붙은 한파에도
눈꽃이 피어나
세상이 포근해진다
쓴맛, 단맛, 매운맛, 떫은맛까지
세상의 모든 맛이 담긴 과일들

하늘에서 시어의 열매를 따고
나무에서도 시의 길을 찾는다
바다에서 시어를 낚고
산에서는 산삼 같은 시어를 캔다

굴곡진 인생길 내력
별빛 언어로 해독되어 익어 간다

새들의 지저귐과
바람의 말도 들으며
상처를 치료하고
편안함과 행복감을 줄
상큼한 과일이 익어 간다

시인은 시에 생기를 주고
행복의 길을 안내하며
감성을 깨우고
이성을 눈뜨게 한다
마침내, 우리는 시인의 과일을 깨문다

# A cup of Korea Woojeon Green Tea

In two tea tree hands that served the sky with whole
body
The heart of the earth permeates

Holding the rain with both hands
brews rain
Embraces the clouds and brews the clouds

Embrace the warmth of the sun
blow the breath of the wind
Bitter, sour, astringent, sweet
Dip it and cook it
Brewing of noble today
Hold up with both hands

The length of a petal in a hot drop of water
The length of the rain in a hot sip of sadness
sinking into the chest
Drinks the wind's path and the earth's shadow

Holding a small teacup and facing each other

with deep eyes

with hot brew

creating sublime consolation

The language of light, meet its deep and voluminous

patterns

# 우전차 한 잔

온몸으로 하늘을 섬기던 두 손에
대지의 마음이 스며 있다

두 손으로 비를 받들었다가
비를 우려내고
구름을 품었다가 구름을 우려낸다

햇살의 온기를 품어
바람의 숨결을 불어 넣고
쓴맛, 신맛, 떫은맛, 단맛
덖고 덖어내
고귀하게 우려낸 오늘을
두 손 모아 떠받친다

뜨거운 한 방울의 물에 꽃잎의 길이
뜨거운 한 모금의 슬픔에 비의 길이
가슴으로 잦아들고
바람의 길과 땅의 그림자를 마신다

작은 찻잔을 들고 마주 보는

그윽한 눈빛으로

뜨겁게 우려낸 것들로

숭고한 위로를 만들어 가는

빛의 언어, 그 심박深博한 무늬를 만난다

# Road of spring up

I always thought the word 'spring up' was a language
of life
Before the sprouts grow and flowers bloom,
I thought there was a usage restriction manual

I thought the mountain doves pecking at dry grass
blades
were opening up the path for 'spring up',
and that the warm sunlight beckoned by the river
was melting the cold earth.

Using the entry pass to slip through the cracks of time,
I learned that there was movement
toward a person who cannot be seen right now.

I now understand that this yearning erases anxiety
and that loneliness open up narrow space
for new growth, like a heartbeat.

All of these intense things come together

to nourish the softest parts of us and open the door to
life.

In the moment when the flowers bloom,

the movement becomes beauty.


I learned at 50 that life can only continue and that they
can be connected,

when emotions burst forth from each other's hearts,

# 움트는 길


'움튼다'는 말은
생명의 언어인 줄만 알았어요
새싹이 돋아나고 꽃이 피기 전
사용제한 설명서가 있는 줄 알았어요


마른 풀잎을 들추는 산비둘기가
움트는 길을 열어 주는 줄 알았고
따뜻한 햇살을 불러온 강물이
차가운 대지를 녹이는 줄 알았어요


시간의 틈새로 들어가는 출입증으로
비밀의 문을 열고
지금은 볼 수 없는 한 사람을 향한
그리,움이 있었다는 걸 알게 되었어요


그리,움이 번뇌를 지우는 그림이고
외로,움이 다시 싹이 나게 하는 틈을
열어주는 맥박이란 걸
이제야 알게 되었어요

그 절실한 것들이 한데 모여
무른 속살을 먹여 생명의 문을 열고
꽃을 피우는 순간
아름다,움이 된다는 것을
이제야 알게 되었어요

서로의 가슴에서 움이 터야
생명이 이어질 수 있다는 걸
지천명의 언덕에 올라 처음 알았어요

# House

I have nothing to distance myself from you, it feels so good

When I lean on you, you silently offer me your shoulder

When the dam of sorrow bursts,

You offer me your warm back, it feels so good


You patiently endure the time of waiting

You don't rush me, you wait for me


On sleepless nights, you come into the darkness

And quietly watch my expression

Then you cover me with a blanket and leave


You bring out old memories and let them flow as emotions

You release warm breathes into the courtyard

You tend to the pure morning as the Divine Crystal

You nurture the fire energy in the Divine Tripod

It feels so good to have something like you

It feels like I'm still alive because of I am like you

# 집

너에게 거리낄 게 없어 참 좋아
기대면 말없이 어깨를 내어 주고
슬픔의 물꼬가 터질 땐
따뜻한 등을 내주는 네가 참 좋아

인내의 시간을 묵묵히 견뎌 주고
재촉하지 않고 기다려 주는,

불면의 밤이면 어둠 속으로 들어와
가만히 내 표정을 들여다보다가
살며시 이불을 덮어 주고 나가는,

오래된 기억을 꺼내 '정情'이 되어 흐르게 하고
따뜻한 숨결들을 꺼내 '정庭'원에 풀어놓으며
순결한 새벽을 풀어 '정晶'신을 가다듬고
불의 기운을 담아 '정鼎'으로 익어가는
〉

그런 네가 있어 참 좋아
그런 내가 있어 나는 아직 살 만해

# The Wind Blowing from Ieodo

A lot winds in Jeju Island,
Wind blow form Ieodo
I noticed it on Ieodo Marine Nuri Ship

Soothing Jeju women's resentment
The Ieodo wind blows
I felt facing it with the whole body
On Marine Nuri Ship
Dedicated to marine science base.

The April wind in the year of Muja
Blew from the field of history,
The grief of falling camellia flowers
Had been overcome by love and solidarity.

Even with blowing winds
And tempestuous waves,
Dreaming of Ieodo
Our ancestors changed the island

Covered with stones, the wind, and the women's
longing
Into the beautiful, covetable island

Iron pillars supporting the base of the Marine Science
Are like thick forearms of Jeju fishermen
Who had sailed toward Ieodo,
It's towering superstructure looks like a lotus flower.

Ieodo is a gateway to the Pacific
Nothing to pass by but the ocean is calling us.

The Wind blowing from Ieodo
Shakes the leaves at the foot of Halla Mountain.
Saying go to the Pacific, go to the ocean,
Rule the sea beyond Ieodo
Then prosperity and abundance would come.

# 이어도에서 부는 바람

제주도의 많은 바람
이어도에서 불어온다는 걸
이어도 해양누리호에서 느꼈네

제주 여인의 한을 달랜 이어도 바람
해양과학기지 전용선 해양누리호에서
온몸으로 맞서 보네

역사의 벌판에서 불어온
무자년 사월의 바람
떨어지는 동백꽃의 슬픔도
사랑과 결속으로 이겨 내었네

바람이 불어도
세찬 파도가 일렁거려도 이어도를 꿈꾸며
돌과 바람과 여인들의 그리움이 맺힌 땅을
선조들은 탐나는 고운 섬으로 가꾸었네

이어도를 항해했던

제주 해민의 굵은 팔뚝처럼
해양과학기지를 받치는 철 기둥
우뚝 솟은 상부 구조물은 연꽃처럼 피었네

이어도는 태평양의 관문
거칠 것 없는 대양이 우리를 부르네
이어도에서 불어온 바람
한라산 기슭의 나뭇잎을 흔드네
태평양으로 대양으로 가라고
이어도를 넘어 바다를 지배하면
번영과 풍요가 온다고

# Jagunaepogu

My morning walk to Suwolbong
Accompanies the sound of the waves.

A dayflower at dawn wet in dew,
Blooming shyly as if fell in love with the sea,
In the salty smell of the sea
It would not fold its longing

Along with the nice people
Who have fragrance in their hearts,
At the night inlet of
The shiny water scales,

I understand
Like the rust flowing from
The corner of the ship,
Some of my fault should have bruised
Something in someone's chest.
To beautiful people

Who want to tie and be at anchor

I, turning around, establish the anchor of longing.

# 자구내 포구


수월봉으로의 아침 산책은
파도 소리 동행한다


새벽이슬 함초롬한 달개비꽃
바다를 연모하듯 수줍게 피어
소금기 배인 바닷내음에
그리움을 접지 않겠다


마음의 향기
좋은 사람들과
물비늘로 반짝이는
밤의 포구에서


배 한 귀퉁이
흘러내린 녹물처럼
내 안의 허물도
누군가의 가슴을
멍들게 했음을 헤아려 본다

정박의 끈을 매고 싶은
아름다운 사람들에게
그리움의 닻을 돌려세운다

# Ieodo of Mothers

Jeju sea never sleeps

It's yearning

Look there far away raising your head

You may see Ieodo


Eternal Ieodo

That has become a star

In the hearts of mothers

Island!

Island!

Island!


Drenched in nostalgia

Sinking into the water!

In the sea 149km away from Mara islet

Women divers working under water,

Red sunset

It's eye may be stabbed by their Bichang,

Echoes of mothers

Longing for the island,

Ie,o,do!

Ie,o,do!


Nostalgia of lip-biting mothers

Towards the island

Ieodo Sanaa!

Ieodo Sanaa!

# 어머니의 이어도

그리움이 잠들지 않는
제주 바다
고개 들어 바라보면
저 멀리 이어도가 있다

어머니들의
가슴 속의 별이 된
영원한 이어도
섬!
섬!
섬!

그리움에 젖어
물속에 가라앉았는가!
마라도에서 149킬로
해녀가 물질하는 바다
비창에 찔렸나
눈시울 붉어지는 저녁놀

그리운 섬에 닿고 싶은
어머니들의 메아리
이,어,도!
이,어,도!
이,어,도!

입술 깨무는
이어도를 향한 그리움
이어도 사나!
이어도 사나!

# Life Watched on Beach

The sea cannot nurture,
Mountains cannot nurture
What would not grow on ridges,
But undersea valleys bring forth.

A temple at the mountain's foot,
From its backyard, birds take flight,
To achieve self-discipline without words,
To soar like a bird, The monk continues to renounce.

Old pine trees bear witness,
To the majestic lines of life.
The red sun complains,
That life is crossing the world's weariness
And sinks halfway beneath the reddening horizon.

The sublime cycle of life,
Joys and pains.
Where we are Staying in the present
And somewhere else will be in the future.

# 해변에서 바라본 인생

바다에서 못 키우는 것
산이 기를 수 있듯,
산등성이에서 자라지 않는 것
해저에서 자라네

산기슭 산사
뒤뜰에서 새들이 날아오르고
묵언수행 스님은
새처럼 날기 위해 버리고 또 버리네

생명의 숭고한 순환
기쁨과 고통
우리는 어디에
머물다가 흘러가고 있을까

# Dream of the Goddess of Spring

Persephone, daughter of Zeus and Demeter,

What colors make up the dream of the goddess of spring?

Amidst the yellow forsythia and violet,

Cherry blossoms and purple flowers unfold.

But by the melancholy stone, under the tree,

Afternoon speaks a different language, alone.


Clouds wander and roam,

Taking shape and disappearing in the sky.

A thousand years passed, and a thousand more,

Meditating on the grass, one dreams of the goddess of spring.


Sand grains roll tirelessly, on and on,

Creating new worlds with each turn in her dreams.

Spring winds crash onto the tree's back,

In the quiet afternoon, spring speaks in a blocked language.

# 봄의 여신의 꿈

제우스와 데메테르의 딸 페르세포네,
봄의 여신의 꿈은 어떤 색깔들일까?
노란 개나리, 제비꽃 속에서,
벚꽃과 보라색 꽃들이 피어나네
하지만 나무 아래에 있는 슬픔 어린 돌 아래에서
오후는 다른 언어로 말하며, 홀로 있지

구름들이 떠돌아다니고,
하늘에서 모양을 만들며 흩어지네
천 년이 지나고, 또 천년이 흘러도,
잔디 위에 앉아 명상하며, 한 사람은 봄의 여신을 꿈꾸지

모래 알갱이들이 끊임없이 굴러가고 굴러가도,
그녀의 꿈에서는 매번 새로운 세계가 창조되지

봄바람이 나무 등을 때리고,
조용한 오후에 봄은 막힌 언어로 말하네

# Aesthetics of wind

A man tends to a garden,

and what makes it grow is the wind that blows from
Mother Nature.

The wind remains fragrant as it wraps around the
juniper's round waist.

It carries the scent of pine through every pot and pine
needle.

With unpretentious gestures,

the scent of flowers crosses the wall.

When they bloom and fill the air through the cracks,

the wind carries the smiles of the flowers.

In the warm sunlight, the sound of laughter resonates.

Even the gentle touch of raindrops can be felt.

The wind, never ceasing for countless days,

finds a path without a road and carries it along.

# 바람의 미학

사람이 정원을 가꾸되
자라게 하는 것은
대자연에서 불어오는 바람이어라

향나무 둥근 허리마다
바람은 향기롭게 머물고
항아리 소나무 솔잎마다
바람이 물어 나른 솔향 맺혔어라

모나지 않은 몸짓으로
담을 넘어오는 꽃향기
허공의 틈으로 피어오를 때
바람은 꽃들의 미소를 나른다

따사로운 햇살의 웃음소리
빗줄기의 부드러운 손길도
수많은 날 잠들지 않는 바람은
길 없는 길을 찾아 실어 나른다

# Flowers in vietnam

Embracing the energy of Hallasan
Departure from Jeju Airport

Via Incheon Airport
Vietnam arrived after a five-hour flight
Rooted like bougainvillea*
Korean Kim Jeong-suk** was there to meet us.

Thinking of the parents she left behind in her hometown
Even if your eyes turn red
It is a hometown people that is connected by the same blood of the Korean people.
The rose of Sharon bloomed for one reason, meet hometown people.

Find a new milestone
Seeds of hope planted in a strange land
Do not forget the pride of Koreans

Became a lighthouse illuminating the vast sea

In a foreign land rooted like fate
Receive the bright sunshine
Bougainvillea flowers are in full bloom


* It is a flower that Vietnamese people love very much and can be found
  everywhere in Vietnam.
* * Local Korean guide in Vietnam

## 베트남에 핀 꽃


한라산의 기운을 안고
제주공항을 출발했다


인천공항을 거쳐
다섯 시간을 날아 도착한 베트남엔
부겐빌레아*처럼 뿌리내린
대한 사람 김정숙**이 마중 나와 있었다


고향에 두고 온 부모 생각에
눈시울 붉어지다가도
한민족 한핏줄로 이어진 고향 사람이라는
이유 하나로 무궁화꽃이 활짝 피어났다


새로운 이정표를 찾아
낯선 땅에 심은 희망의 씨앗
한국인의 긍지 잊지 않고
망망대해를 비추는 등대가 되었다


숙명처럼 뿌리내린 이국땅에서


154

화사한 햇살 고이 받아

부겐빌레아 꽃송이 활짝 피우고 있다


* 베트남 사람들이 매우 좋아하는 꽃으로 베트남 어디에서든 흔하게
  볼 수 있음
* * 베트남 현지 한국 가이드

# Address of happiness

The road begins at the end of language
At the end of the road is the word's address

If you follow the words of love
There is a words house full of warmth
In the place where happy people stayed for a long time
There is a caring word's house

Recognizing the word's address is simple
follow the path of the heart
Anyone can find it even without a milestone
just follow the temperature

People who used to be happy
Thinking beyond greed
Sometimes they used to lose the address of happiness

So as not to lose the way
keep the light in your heart

Even if you somehow lose that address

If you want to find that way again

Just follow the language of happy people


Soft wind,

Do not let go of the warmth;

Embrace the bright smile that greets you at the end of
the road.

# 행복의 주소

언어의 끝에서 길이 시작된다
그 길의 끝에는 말의 주소가 있다

사랑의 말을 따라가면
온기 가득한 말의 집이 있고
행복한 사람들이 오래 머물던 자리에는
배려 가득한 말의 집이 있다

말의 주소를 알아차리는 방법은 간단하다
마음의 길을 따라
이정표가 없어도 누구나 찾을 수 있는
온도를 따라가면 된다

예전에 행복했던 사람들도
욕심 너머를 생각하다가
가끔씩 행복의 주소를 잃어버리곤 했다

그 길 잃지 않도록
마음의 등불을 지켜야 한다

어쩌다 주소를 잃어버린다 하더라도
그 길을 다시 찾고 싶다면
행복한 사람들의 언어를 따라가면 된다

부드러운 바람과
따뜻한 온기를 놓지 말아야 한다
그 길의 끝에 마중 나와 있는
맑은 웃음과 만나야 한다

# Light a candle for the poetry in your mind

I had teatime with someone
who lives with the candle of poetry lit in their heart.

To ensure the flame never wanes,
A poet, the keeper of candles,
Even if something unsettles them,
He treat it with the gentle glow of candles,
Suppressing nonsensical thoughts,
Never extinguishing the candle,
Being cautious with his words.

Like an Olympic torchbearer,
To keep the poetic flame alive,
Connecting hearts and souls,
I must lay down poetry stepping stones.

# 시심詩心을 촛불 켜다

시의 촛불을 마음에 켜고 산다는
시인과 차를 마셨다

그 불꽃 꺼지지 않도록
촛불 지킴이로 살아간다는 시인,
화나는 일이 있어도
촛불로 다스리고
헛말을 뱉어 내
촛불을 끄지 않도록
말을 가려서 한다고 한다

올림픽 성화 봉송 주자처럼
시심詩心의 촛불이 꺼지지 않도록
마음과 마음을 이어 주는
시의 징검다리를 놓아야겠다

# Taj Mahal, A reminder of the power of love

In Agra, on the banks of the Yamuna,
The Taj Mahal stands, a testament to love.
Shah Jahan, the Mughal emperor,
Built it for his beloved wife, Mumtaz Mahal.

His tears of grief flow into the sacred river,
Shining even brighter in the moonlight.
The history of heroes rises and falls,
But the love of Mumtaz Mahal will never die.

Her beauty and grace are eternal,
Taj Mahal lives on in the hearts of all who see her,
A reminder of the power of love.

# 타지마할, 사랑의 힘을 떠올리네

아그라, 야무나 강가에
타지마할이 서 있네
무굴제국의 황제 샤 자한이
사랑하는 아내 뭄타즈 마할을 위해 지은

그의 슬픔의 눈물은 신성한 강으로 흘러 들어가
달빛 아래서 더욱 찬란하게 빛나네
영웅들의 역사는 흥망성쇠를 거듭하지만
뭄타즈 마할의 사랑은 영원히 사라지지 않겠지

그녀의 아름다움과 우아함은 영원하며
타지마할은 보는 사람의 마음에서
사랑의 힘을 상기시켜 주네

# The Bird Flying in the Sky

As the deep blue forest outside the window,
launches a single bird into the air,
it spreads its powerful wings and sets a course.

Heading toward the empty sky, unspoken to anyone,
it navigates the path through the sky.
Amidst the fluttering of countless wings,
the sky carves out a single trail.

The slender branches are a resting place
for birds preparing for distant flights.
These birds are unafraid of the long journey ahead.

Once they take flight,
birds that must traverse the sky
breathe feathers of wind into the gaps in their wings
to prevent themselves from falling.

# 창공을 달리는 새

창밖으로 짙푸른 숲이
새 한 마리 공중으로 쏘아 올리자
힘찬 날개를 펼쳐 길을 연다

아무에게도 말하지 않은 허공을 향해
허공의 길을 헤쳐 간다
저 무수한 날개의 퍼덕임에
허공도 오솔길 하나 내어 준다

가는 나뭇가지는
먼 비행을 준비하는 새들의 쉼터
새는 먼 비행도 두려워하지 않네

한 번 날아올라
창공을 달려야 하는 새는
추락하지 않기 위해
날개 틈에 바람의 깃털을 불어 넣는다네

# Peace Is in your mind

Peace in all hearts,
Like snow falling from the sky,
Covers mind of all people,
Making the world beautiful.

Why do some hold guns,
And express their anger?
I wish peace would cover the world,
Like snow.

Peace is everywhere,
In the sky and on the ground,
In flowers and trees,
And in our hearts.

# 그대 마음속의 평화

모든 마음에 평화가 깃들기를,
하늘에서 내린 눈이 세상을 덮듯이
모든 사람의 마음을 평화가 덮어
아름다운 세상이 되기를

왜 어떤 이는 총을 들고
분노를 표출하는가
평화가 세상을 덮기를
내리는 눈처럼

평화는 온누리에 있네
하늘과 땅에
꽃과 나무에
우리의 가슴에도 있네

# Dance of the Crows

Every year, thousands of crows come to Korea to escape the winter cold.

They spent their summers in the Heilongjiang Province of northeastern China and the Amur Region of Russia.

The bamboo forest next to the Taehwagang River that crosses through downtown Ulsan serves as a sanctuary for the crows during the Korean winter.

As the sun sets, the sky near the Taehwagang bamboo forest turns pitch black with the crows' dance.

Before sunrise, they fly from the forest, scattering to find their food, and as the sun sets, the forest is noisy with birdsong, after performing a grateful dance, they settle in for the night.

Knowing that they will leave someday,
they carry no regrets, with feathers as light as air.

# 떼까마귀의 군무

매년 겨울을 나기 위해 한국에 찾아오는
수만 마리 떼까마귀들은
중국 북동부 헤이룽장성과 러시아 아무르주에서
여름을 보낸다

울산 도심을 가로지르는 태화강 옆 대나무숲은
한국에서 겨울을 나는 떼까마귀의 쉼터
해 질 무렵 태화강 대숲 인근 하늘은
떼까마귀의 군무群舞로 까맣게 물든다

해 뜨기 전 대숲에서 나와
흩어져 먹이를 찾고
해 질 무렵 대숲에는 이야기꽃이 피고
하루를 감사하는 군무를 펼친 뒤 잠자리에 든다

언젠가 떠날 것을 알기에
미련도 없어 깃털이 가볍기만 하다

# Birds

The rainbow is beautiful,

Because you can't catch rainbow.

If the clouds had not released the bird's feathers,

freedom would have been oppressed.

If the bird could not spread its wings and fly,

instead of the warm breath of freedom.

we would hear the bird's sorrowful cries.

The bird would no longer sing the song of hope with

its pure voice.

The sunlight will no longer hide behind the dark clouds

and will not reveal its bright face, and the rainbow will no

longer display heavenly beauty.

The path through the sky is a beautiful gateway to

freedom,

where the wind breathes into the bird's feathers,

and only when the vigorous flight begins,

the sea of radiant freedom and the sea of peace unfold.

# 새

무지개가 아름다운 것은
잡을 수 없기 때문이다

만약 구름이 새의 깃털을
잡고 놓아주지 않았다면
자유는 억압되었을 것이다

새가 날개를 펼쳐 날아갈 수 없다면
자유의 따뜻한 숨결 대신
새의 슬픈 울음소리를 들어야 할 것이다
새는 더 이상 청아한 목소리로
희망의 노래를 부르지 않을 것이다

햇살은 더 이상 먹구름 뒤에 숨어
밝은 얼굴을 보여 주지 않을 것이며
무지개는 더 이상 천상의 아름다운 얼굴을
보여 주지 않을 것이다

허공의 길은 자유에 이르는 아름다운 통로

새의 깃털에 바람의 숨결을 불어 넣고
힘찬 비행이 시작될 때 비로소
무지갯빛 자유의 바다, 평화의 바다가 펼쳐진다

# Memories of the Champs-Élysées

When I close my eyes, I see it there,
The Champs-Élysées, where dreams take the air.
From the Arc de Triomphe to Concorde Square,
Plane trees and chestnuts, a sight to compare.

Travelers' souls, they find their bliss,
Amongst the whispers of love's sweet kiss.
Warriors of honor, their spirits reside,
In the Elysian Fields, where heroes abide.

Though their glory fades with the passing years,
Their cries of victory still echo, clear.
On the Champs-Élysées, their legacy stands,
Shaking the trees,
The wind of their victory shook the trees.

# 샹젤리제 거리의 추억

눈을 감으면 떠오른 그곳
낙원의 문이 열리는 샹젤리제 거리
개선문에서 콩코르드 광장까지 이어진
플라타너스와 마로니에 나무들은
여행객들의 영혼을 축복하였네
먼 옛날 누군가를 위해 싸웠을
명예로운 용사들의 영혼은
엘리제의 뜰에 머물고
바람에 속삭이는 사랑의 언어들은
평화의 노래가 되어 이 거리에 안식을 주었네
용사들의 영광은 과거와 함께 사라졌어도
그 승리의 함성은
샹젤리제 거리에 영원히 남아
플라타너스와 마로니에 나무들을 흔드네

# The Wind of the Netherlands

In the Netherlands, land of windmills so grand,
Where tulips bloom and tulips expand,
Where Van Gogh painted his masterpieces bold,
I learned a beauty that I'll forever hold

The wings of the wind never turn alone,
For if one wing is lost, both wings are flown.
The strong wind that runs, the breeze that embraces,
Both need each other to fill their spaces.

They balance each other, like yin and yang,
And keep the world horizontal, a level hang.
So that sharp corners can be gently smoothed,
And shoulders weary can be soothed.

We must not lose one wing,
we must stay strong,
For the wings of the wind that endure through anguish
shine brilliantly,
Shine even brighter, their secrets to keep.

# 네덜란드의 바람

아름다운 해변

낮은 언덕

장엄한 숲

형형색색의 튤립

빈센트 반 고흐의 고향

풍차의 나라 네덜란드에서 나는 보았네

바람의 날개는 결코 홀로 돌지 않는다는 것을

한쪽 날개를 잃어버린다면

먼 길 달려갈 강한 바람도

지친 어깨를 감싸줄 부드러운 바람도

소멸되고 만다는 것을

서로의 균형이 되어 희망을 지탱하고

바람의 깃털들이 공간의 균형을 세워

세상의 수평을 유지하고 있지

한때 날카로웠던 모서리들이

부드럽게 깎이어 누군가의 어깨를 감싸안을 수 있도록

한쪽 날개를 잃어버리지 말아야 해

별이 빛나는 밤

뿌리 깊은 고뇌를 뚫고

힘살을 키우는 바람의 날개가 더욱 눈부시게 빛나고 있네

# House made of fallen leaves

The winter wind lifts the old fallen leaves

Covered with a leaf blanket under a leaf roof,
sprouts sleeping in a huddle,
they wake up startled

All the leaves that supported the sky have fallen
They became a wall on the ground that blocked the wind.
Leaning against a wall means keeping your back warm
Now they also have a windbreaker.
That means they are ready to open wide the doors to
the world

Things that once became memories and longings
Things that were once the center of the world
hugging each other
embracing spring

Spring, which had been curled up all winter, awakens.

# 낙엽으로 지은 집

겨울바람이 묵은 낙엽을 들춘다

낙엽 지붕 아래 낙엽 이불 덮고
옹기종기 잠자던 새싹들
깜짝 놀라 잠에서 깨어난다

하늘을 떠받치던 잎새는 모두 내려놓고
바람을 막아 주는 지상의 벽이 되었다
벽에 기댄다는 것은 등이 따뜻해지는 일
이제 내게도 바람막이가 생겼다는 것
세상의 문을 활짝 열 준비가 되었다는 것이다

추억이 되고 그리움이 되는 것들이
한때 세상의 중심이었던 것들이
서로를 끌어안고
봄을 품고 있다

겨우내 둥글게 구부리고 있던 봄이 깨어난다

# Halla Arirang

Clouds reflected in Baekrokdam Lake,
Coming over Arirang Hill

Ten million years of wind,
following your footsteps
A white deer came out to greet you on the way home.
I look into Halla's eyes.

Arirang
Arirang Arirang Arariyo
Going over Arirang Pass

10 million years of floating clouds on the summit of
Hallasan Mountain
Oh my love

Let's go, let's go together, let's go together
To the summit of Hallasan Mountain and
Baeknokdam,

white deer blue Halla
Following the auspicious dream path

Arirang Arirang Arariyo
Going over Arirang Pass

Hold hands and hold hearts
The place where Seolhaemok woke up
Sunrise sea while looking at Ilchulbong
I will bring the language of starlight

# 한라 아리랑


백록담 호수에 비친 구름,
아리랑 고개를 넘어온다


천만년 바람결,
그대 오신다는 발걸음 따라
흰 사슴 오시는 길마중 나온
한라의 눈빛을 본다


아리랑
아리랑 아라리요
아리랑 고개를 넘어간다


천만년 한라산 정상에 뜬구름
어화둥둥 내 사랑이어라


가세 가세 함께 가보세
한라산 정상으로 백록담으로,
흰 사슴 푸른 한라
상서로운 꿈길 따라

아리랑 아리랑

아라리요

아리랑 고개를 넘어간다


손잡고 마음 잡고

설해목 깨어난 자리

일출봉 바라보며 해 뜨는 바다

별빛의 언어를 길어오리라

# Temperature of love

Even the insignificant grass roots,

It becomes a snail's winter clothing.

Coming up onto the ground moistened by early winter
rain

Let's pull up the grass

Embracing each other with their bare bodies,

snail family overwintering In the snail's nest.

Like laying down a grassroots heater,

The temperature of love is warm.


Avoid getting burned by the burning heat.

Let's love like a snail's body temperature each other's
warmth

Each other's warmth,

becomes the warmest winter clothing.

Let's have that kind of love

Comforting my heart,

I gently covered the grass roots.

# 사랑의 온도

하찮은 풀뿌리도
달팽이의 방한복이 된다
초겨울비에 촉촉해진 땅 위로 올라온
풀 뽑아 올리자
맨몸으로 서로를 품고
겨울을 나고 있는 달팽이 가족
달팽이 보금자리에
풀뿌리 온돌을 깔았는지
사랑의 온도 따스하다

뜨겁게 타올라
서로 데이느니
달팽이 체온처럼 사랑하자
서로의 온기가
가장 따뜻한 방한복 되는
그런 사랑을 하자
마음 다독이며
풀뿌리 살며시 덮어 주었다

# Christmas Cake


A day when the whole world was covered in white snow,

delivered on foot on an icy road.

On top of Christmas whipped cream cake,

white snow piled up.


On top of a snow-like whipped cream cake,

five strawberries that look like Christmas hats,

It was embedded like a jewel as if it were the heart of the sender.


Wearing a red scarf,

a cute chocolate penguin,

wearing a red scarf and blue earmuffs,

spread its wings wide as if it was about to fly like an angel and deliver wishes.


The bell hangs from a green round wreath with a red ribbon.

It seems like a bell of blessing will ring that will reach the end of the universe.

On the footprints left on the snow by the person who gave the cake and left,

the sunset on Christmas Eve is colored with belated autumn leaves.

# 크리스마스 케이크

온 세상이 하얗게 눈 덮인 날
빙판길 걸어서 배달된
크리스마스 생크림 케이크에
하얀 눈 소복이 쌓였다

눈 같은 생크림 케이크 위
크리스마스 모자 같은 딸기 다섯 알
보낸 이의 마음인 듯 보석처럼 박혔다
빨간 목도리를 두르고
파란색 귀막이를 한 귀여운 초콜릿 펭귄은
천사가 되어 소망을 전해 주려 날아가려는지
날개를 활짝 펼쳤다

빨간 리본이 달린 초록색 둥근 리스에 매단 종에서는
우주 끝까지 닿을 축복의 종소리가 울려 퍼질 것도 같다
케이크를 주고 돌아가며 눈길 위에 남긴 발자국에
크리스마스 전야의 노을이 때늦은 단풍으로 물든다

# 대자연이 보내온 편지, 서정의 포착점
— 양금희 시인의 영역시 중심으로

김필영(시인, 문학평론가)

　시인의 소명 중 하나가 언어와 문자로 사물의 이름을 짓는 것이라 하면, 가장 많은 언어로 알려진 경전에서 확인할 수 있는 최초 인류는 시인이라 할 수 있다. 첫 인간이 홀로 낙원에 거할 때, 온갖 들짐승과 날짐승을 지어 사람이 그것들을 각각 무엇이라고 부르는지 보려고 데려왔는데, 첫 인간이 "그것들을 무엇이라고 부르든 그 이름이 되었다(Genesis / 創世記 2:19)."는 기록이 있다.

　그 일이 있고 난 후, 이어지는 기록에서는, 창조자는 그가 독처(獨處)하는 것이 좋지 않음을 보시고 보완자를 마련해 주기 위해 그의 갈비뼈에서 원소를 취하여 여자를 지어 그에게 데려왔다고 한다. 그때 그 여자를 본 첫 사람은 "아, 이는 내 뼈 중의 뼈요, 살 중의 살이로다, 남자에게서 나왔으니 여자라 부르리라"고 부르짖었다고 기록되어 있다. 이 표현이 지상에서 기록된 첫 시라면, 그는 첫 시인인 셈이다.

동일한 경전에서는 대홍수가 나고서도 한참 후까지도 "온 땅의 언어가 하나였고, 쓰는 어휘도 같았다(Genesis/創世記 11:1)"라고 기록되어 있다. 그러나 '바벨론'이라는 곳에서 창조자가 언어를 혼란케 하여 온 땅으로 흩어지게 함으로 오늘날 수많은 언어가 종족별로 존재하게 되었다고 알려 준다.

오늘날 사물을 부르는 언어나 문자는 그 수효를 헤아릴 수 없을 만큼 많고, 사물을 보는 각도와 상상력의 다양성을 생각하면 인류 전체가 공감할 만한 가독성(可讀性) 면에서 가장 바람직한 언어와 문자적 표현은 어떤 것일까? 특히 한 언어로 지은 시를 다른 언어로 번역했을 때, 원작의 사유와 의미대로 공감할 수 있는가? '스마트 시대'를 지나 '메타버스 시대'를 겪으며 숨 가쁘게 '웹 3.0시대'로 달려가고 있는 이 시대에 사람이 평화롭고 행복하게 공존할 수 있는 중요한 요소 중 하나는 '인간과 인간의 원만한 소통'이라는 것을 간과해서는 안될 것이다.

전 세계 7,168개 언어와 2,000개 문자가 국경과 민족과 사상과 정치적 이념을 달리하며 인류사회에 존재하며 반목이 심화되고 있음에 비추어 볼 때, 한 시인의 시가 다른 언어로 번역되어 언어와 민족과 국가의 경계를 초월하여 공감할 수 있게 된다면, 그 시는 명시의 반열에 두어도 좋을 것이다. 그 대단한 일을 스스럼없는 열정으로 수행하는 한국의 시인이 있어 국제 문단이 주목하고 있다. 제주도에 살면서 사물시를 써오며, 이어도의 전설과 실존의 가치를 널리 알려온 한국의 시인, 바로 양금희 시인이다. 그 열정과 눈물과 노력에 열렬히 박수를 보낸다.

문학에서 시는 진리를 밝히는 표현 방법에서 가장 요약된 것이라 볼 때, 양금희 시인은 오래전부터 삶의 여정에서 진리에 이르는 길을 시를 통해 세상을 향해 부르짖고 있었다. 인간이 가장 오래전부터 지금까지 추구해 온 행복이라든가, 사랑이라든가, 희망에 관한 진리의 발견은 시도를 거듭해 왔으나 수없는 실패를 거듭하며 역사가 흘러왔기에 그 길을 찾는 학문과 예술은 결코 중단될 수 없다. 문학 부면에서 시의 형식을 통해 행복이나 사랑이나 희망에 대하여 '불변의 법칙'에 대입하거나 비추어 세계의 독자들을 얼마나 공감케 할 수 있는가?

양금희 시인이 사물을 바라보고 존재의 근원적 가치와 그 이면과 내면에서 채득한 인간의 소망, 특히 행복과 사랑, 희망을 꿈꾸는 사유를 통해 한국어로 지은 詩가 다른 언어로 번역되었을 때, 어떤 예술적 표현으로 세계의 독자들이 공감할 수 있을까? 양금희 시인의 사물을 바라보는 각도, 사유의 방향, 그 사물과 시인의 동공 사이 포착점에서 승화된 詩의 발현이 나라와 인종과 민족과 언어의 경계를 넘어서 어떤 감동으로 독자들의 가슴에 새겨질까? 사뭇 기대되는 바가 크다.

## 1. 만물의 가치에 감사하는 사유의 접근법

시인의 1차적 표현 공간은 원고지 이전에 자아 내면의 마음판이다. 시는 신체와 동공으로 사물이 포착되었을 때, 마음판을 펼쳐서 대상의 표면과 이면의 표정을 사유하여 투영시킨 서정을 언어로 인화한 결과물이다.

양금희 시인의 시를 읽으면, 시를 읽는 것이 아니라 한 폭의 풍경화를 감상하는 것 같다. 시인이 사물과 풍경을 관조하고 시를 썼다기보다는 사물이 드맑은 시인의 마음 투명 조각보에 스며 들어와 풍경화로 인화되는 것 같다는 생각을 하게 된다. 사람이 창작한 어떠한 예술품도 자연을 능가할 수 없다는 진리를 생각하면, 과장하지 않고 수식하지 않는 묘사에서 드러내는 진솔하고 단아한 시어들이 지구별에서 어머니라는 존재로 익어가는 한 시인의 마음판이 얼마나 투명하고 고요해야 하는지 기대하게 한다.

양금희 시인은 마음의 도화지에 여백이 많은 시인이다. 그 마음의 도화지에 때로는 연필로 그린 소묘로, 때로는 수채화 풍경으로 때로는 사진 영상처럼 그려낸 풍경들마다 가슴에 스미어 들어와 읽는 이도 어느새 풍경의 일부가 되는 듯하다. 이는 양금희 시인의 시에 표현된 사물에 대한 접근방식에서 기인한 것 같다. 사물이 동공에 줌인(zoom in) 될 때, 시인은 사물의 존재가 느끼지 않게 다가가는 탁월한 접근법을 터득하고 있음을 느끼게 된다. 사물의 입장에서 보면 시인은 투명한 존재인 셈인데 사물을 존귀한 존재로 인식하고 다가가는 양금희 시인의 시 속의 화자는 이 '투명접근법'이라는 비기(祕技)로 모든 사물을 향해 가시거리에 근접하여 풍경의 일부로 동화되고 있음을 본다. 이는 마치 실내에서 불을 끄고 창밖의 사물을 바라볼 때, 창밖의 사물은 유리창 안에서 자신을 바라보는 어떤 시선마저도 느낄 수 없게 접근하는 것과 같은 것이다.

국제적으로 시인과 비평가들이 양금희의 시를 주목하게 된 연유 중에는 사물에 대한 존중심과 배려의 마음판에 새겨진 시와 삶이 접사된 간극이 너무나 밀접히 일치하기 때문이다. 시적 사유의 내공에서 펼쳐지는 양금희 시의 매력 속으로 공감의 더듬이가 빨려들 수밖에 없는 힘이 작용하고 있는 것으로 여겨진다. 이제 영역 시집에 첫 시로 편집된 '바람'에 대한 사유에 주목해 보기로 한다.

세월이 가도
늙지 않는
바람의 나이

입이 없어도
할 말을 하고
눈이 없어도
방향을 잃지 않는다

모난 것에도
긁히지 않고

부드러운 것에도

머물지 않는다


나는 언제쯤

길을 묻지 않고

지상의 구부러진 길을

바람처럼 달려갈 수 있을까

—「바람은 길을 묻지 않는다」 전문


    바람은 대기의 정화 작용과 수분의 증발, 기류의 변화와 구름의 이동을 통한 '물의 순환계' 역할을 하는 생물의 존재를 위한 요소로서 참으로 소중한 존재이다. 돌과 바람과 여자가 많다 하여 삼다도(三多島)라는 별명을 가진 제주도는 양금희 시인이 태어나서 지금까지 살아온 곳이다. 그러니 평생 대양에서 제주도를 향해 불어온 바람을 마시며 살아온 양금희 시인에게 '바람'이라는 존재는 얼마나 친숙하고 특별한 것이랴.

    위 시, 「바람은 길을 묻지 않는다」는 제주도 사람 양금희 시인이 평생을 통해 겪은 바람에 대한 사유의 요약본일 수 있다. 첫 연은 "세월이 가도 / 늙지 않는 / 바람의 나이"로 시작된다. 화자는 '바람의 수명'을 얘기하려 함일까? 아니면 세월의 흐름에 대한 영향을 바람이 받지 않음에 대한 무관성을 얘기하려 함일까? 바람과는 달리 인간은 시간과 역행할 수 없는 슬픈 존재라는 사유가 전제 되어 인간에 대한 상대적 연민이 교차하고 있다. 바람이라는 어려운 주제를 두고 시인의 사유에 대한 공감을 위해 잠시 바람에 대한 정의와 바람을 대해 온 인류의 발자취를 산책해 본다.

바람은 히브리어로 '루아흐'이고, 그리스어로는 '아네모스'이다. 경우에 따라 영, 기운, 호흡 등으로 번역되지만, 공기가 움직이는 존재가 될 때 곧 '바람'을 의미한다. 고대로부터 바람의 존재는 사람의 눈에 보이지 않으나 시간이 공간으로 흐를 때 오른발과 왼발처럼 한걸음의 존재로 간주되었다. 철학과 시학의 오랜 역사를 자랑하는 도시, 아테네의 유구한 문화유산 중 하나인 로만 아고라(Roman Agora)에는 '바람의 탑(Tower of the Winds)'이 있는데, 천문학자 키르호스의 안드로니코스가 '시간'을 재기 위해 BC 100경~50년에 세운 '호롤로기온(Horologion)'이라 불리는 '바람의 탑'은 높이 12.8m, 지름 7.9m의 8각형 대리석 구조물이다. 고대 그리스인의 지혜가 담긴 풍향계이자 해시계, 물시계인 이것은, 나침반의 각 방향을 가리키는 8면이 바람을 상징하는 형상의 부조로 장식되어 있고, 그 아래 태양을 향한 면에는 해시계 눈금이 그려져 있다. 꼭대기에는 트리톤의 모습을 한 청동 풍향계가 있으며 해가 비치지 않을 때 시간을 알아보기 위한 물시계(clepsydra)도 있다. 자로 잰 듯 정확히 나뉜 여덟 면의 탑 위에는 산들바람을 뜻하는 서풍의 신 제피로스, 차디찬 북풍의 신 보레아스 등 각 바람 신의 모습이 새겨져 지금도 남아 있어 '시간'과 '바람'이 '동체 동질성'임을 깨닫게 한다.

이상 고대로부터 인류가 바람을 대해 온 역사를 염두에 두고 양금희의 시를 다시 보면, 놀랍게도 그 의미가 단 3행으로 압축되어 있는 2연의 "입이 없어도 / 할 말을 하고 / 눈이 없어도 / 방향을 잃지 않는다"라는 표현 앞에 호흡이 멎게 된다. 인류의 역사는 '바람이 전하는 말'이고, '바람이 가는 길이 인류의 길이자 역사'임을 시의 매력적 가치와 요소인 '함축의 묘미'를 통해 보여 주고 있기 때문이다.

이어지는 3연 "모난 것에도 / 긁히지 않고 / 부드러운 것에도 / 머물지 않는다"라는 묘사된 시어는 쉽게 읽히나 내재된 의미는 심오하다. 화자는 인류 역사에서 벌어진 침략과 폭력적 폐해로 얼룩진 모순의 역사를 바람의 특성을 대입하여 반어법으로 꼬집고 있는 것으로 읽힌다. 그러나 같은 연에 "부드러운 것에도 / 머물지 않는다"는 바람의 특성에 대한 묘사는 안일하게 불의 길에 안주하려 한 인류 역사의 정체성을 바람의 변화와 이동성을 열거하는 반어법으로 일깨워 주며 성찰의 필요성을 강조하고 있다.

화자는 4연의 결구를 통해 전체 인류의 이야기에서 자아로 좁혀 스스로가 유한적 멸성의 존재로서 겪어야 하는 바람과 사람의 간극을 인정하며 자신과 세상을 향해, "나는 언제쯤 / 길을 묻지 않고 / 지상의 구부러진 길을 / 바람처럼 달려갈 수 있을까?"라고 자신과 독자에게 묻는다. 이는 생의 길이 마음대로 되기 어려운 것을 인정함이며, 누구에겐가 인간은 끊임없이 묻고 배워야 함을 강조하고 있으며, 지상의 모든 구부러진 사람의 삶에도 바람의 길 같은 벗어나지 말아야 할 바른길이 있다는 것을 은유적으로 제시하고 있는 것이다. 늙고 병들어 죽음이라는 적을 뿌리치지 못하고 늙어가야만 하는 멸성의 존재인 인간일지라도, 안주하지 않고 참된 삶의 행복을 향한 진리의 길에서 무지와 어리석음을 떨치기 위해 한없이 묻고 배우며 살아가야 함을 '바람의 길'을 통해 역설하고 있는 것이다.

흙은 생물들의 어머니다
배를 내주어 씨앗을 품고
따스한 포옹으로 키운다
여린 새싹들을 다정히 보며
바람에 흔들거리는 나무들
제 살 깊이 박아 붙들어 준다

곡식과 잡초를 가리지 않고
차별 없이 대해 준다
개미도 코끼리도
악인도 어린이도
그 등을 밟고 먼 길을 걸어간다

평화와 분노도 전쟁과 사랑도
흙 위에서는 평등하다

모든 존재는

흙 위에서 스러져 간다

언젠가 먼지가 되어 돌아누우면

대지는 따뜻하게 꼭 안아준다

—「흙에 대한 소고」 전문

위 시는 '흙'이라는 사물에 대해 깊이 사유한 시다. 첫 행에 "흙은 생물들의 어머니다"라고 '흙과 어머니'를 대비해 함축한 시인의 의도를 생각해 보면, 흙의 존재와 어머니라는 존재의 가치·의미·동질성 등을 생각하게 된다.

서두에 언급한 경전에는 "흙으로 사람을 지었다"고 되어 있다(Genesis/創世記 2:7). 그 첫 인간의 이름 "Adam아담"은 땅의 사람, 인간, "붉은"을 의미하는 어근에서 유래하였고, 흙이라는 히브리어 "아다마"에서 유래하였다고 한다. 그리고 흙이 가진 원소는 사람의 몸에 지닌 원소와 공교롭게도 일치한다. 사람이 죽으면 흙으로 돌아간다는 것도 동일한 경전에 기록되었다(Genesis/創世記 3:19). 실제로 사람은 호흡이 멈추면 죽게 되어 흙으로 산화된다. 이렇듯 우리가 흙으로 지어진 몸이니 '흙'을 지상에서 가장 자애로운 존재인 '어머니'에 비유함은 과학적 이치로도 진리이고 마땅히 공감하게 된다.

2행의 "배를 내주어 씨앗을 품고 / 따스한 포옹으로 키운다"는 양육하기 위해 기꺼이 희생하는 어머니의 모습과 씨앗의 발아 과정에서 흙이 싹눈이 돋아나도록 씨앗을 품는 '흙'의 존재와 역할과 노고를 대비하여 묘사하고 있다. '포옹'이라는 시어를 어머니의 품과 흙의 품을 대비하여 은유한 감성이 따뜻하게 다가온다. 나아가 "어린 새싹들을 다정히 보며 / 바람에 흔들거리는 나무들 / 제 살 깊이 박아 붙들어 준다"는 표현에서 품에 안아 젖을 먹이며 자식을 바라보는 어머니의 눈길이 절절히 느껴지고, 자신은 헐벗고 못먹어도 자식을 먹이려는 어머니가 연상된다. 참으로 어머니만이 체감할 수 있는 뛰어난 모성애를 진솔하게 표현했음을 공감할 수 있다.

2연에서 흙의 존재는 현대의 인간 제도의 상황에 비친 사회의 모습과는 너무나 대조적인 모습임을 깨닫게 한다. "곡식과 잡초를 가리지 않고 / 차별 없이 대해준다"든가, "악인도 어린이도 / 그 등을 밟고 먼 길을 걸어간다"는 표현에서 편견과 차별이 인종과 국경을 두고 대치되는 사람 세계의 모습과 식물들의 서식처인 흙의 역할이 대비된다. 모든 존재가 살아가며 교통하는 길의 역할로서도 흙이 얼마나 소중한 존재인지 일깨워 주고 있다.

3연 "평화와 분노도 전쟁과 사랑도 / 흙 위에서는 평등하다"는 표현은 잔잔한 선언 같지만 현세상에 대한 묵직한 철퇴를 내려치는 듯한 절규이다. 지구 도처에서 끊이지 않는 민족 간의 반목과 침략적 전쟁은 수많은 생명을 앗아가고 있으며 세계 경제와 평화에 걸림돌로 작용하고 있다. 시인은 현실과 사랑이 식어가는 아픔을 에둘러 슬퍼하고 있는 것이다. 우리 인류가 이상을 지향하고자 하나 실제로는 이기심이나 국가주의나 편견으로 인해 극복하지 못하는 문제인 바, 행간에서는 그 점을 역설적인 풍자로 비평하고 있는 것이다.

시 결구의 "모든 존재는 / 흙 위에서 스러져 간다"는 표현은 아무도 죽지 않은 사람이 없다는 사실을 통해 증명된 인류의 공통적인 슬픔 앞에 우리를 초연하게 한다. 그러나 양금희 시인의 따뜻한 마음이 들어난 결구는 우리 가슴을 훈훈하게 위로해 준다. "언젠가 먼지가 되어 돌아누우면 / 대지는 따뜻하게 꼭 안아 준다"는 행간에서 느껴지는 흙에 대한 감사를 순응하는 마음이 인류에게 얼마나 공통적으로 필요한 덕목인가를 새삼 깨닫게 한다. 흙과 같은 품성의 어머니인 시인의 마음이 독자의 마음을 포근히 안아주는 우아한 정겨움이 담긴 시다.

## 2. 만방에 선포하는 이어도의 전설과 실체
— 이어도의 실존적 표식을 선언한 진리체

현대에도 '바람의 탑'이 한국의 해양영토인 '이어도'에 존재하고 있다. 이어도는 한국의 제주도 최남단 도서인 마라도에서 남서쪽 149km, 일본의 토리시마에서 서쪽으로 2백76km, 중국의 퉁타오로부터 북동쪽으로 2백45km 떨어져 있다. 이어도는 평균 수심 50m, 남북과 동서 길이가 1천8백m, 1천4백m인 해수면 4.6m 아래에 잠겨 있는 수중 암초로 알려져 있다. 파도가 심할 때에만 그 모습을 드러내는 한(恨)과 전설의 섬 이어도에, 108종의 첨단 계측장비를 갖춘 4백 평짜리 첨단 '이어도종합해양과학기지'가 건설되었는데 필자는 이 탑을 독자적으로 '바람의 탑'이라 명명하고 싶다.

제주에서 헬기로 1시간 20분, 백록담을 뒤로하고 망망 대해로 날라 가면 수평선 위 주황색의 점이 가까이 갈수록 점차 커다란 철골 구조물로 변한다. 석유시추선을 닮은 우뚝 세워진 철탑 위에 나부끼는 태극기, 바로 우리 바다의 최남단 바다 한가운데 우리 선조들의 피와 땀으로 구축된 구조물로 서 있는 이어도. 3개 층으로 무게 2200t, 높이 36.5m의 구조물이 1600여 톤(ton) 강철 기둥 4개에 몸을 싣고 있다. 기둥은 수중 41m 바다 밑바닥에 뿌리박고 있으며, 물 아래 가려진 부분까지 합치면 77.5m, 아파트 20층과 맞먹는다. 1995년 기획을 시작, 8년 만인 2003년에 완공된 이 기지는 최소한 50년 동안 25m의 파고와 초속 60m의 태풍에 견뎌가며 한반도를 향해 불어오는 모든 바람을 마주할 것이다. 바람의 길목에 위치에 서서 지금까지 한반도에 불어오는 태풍 중 절반 이상이 이 탑을 통과했다고 하니, 이 탑은 분명 '바람의 탑'이다. 그 바람의 탑을 스쳐 시간을 몰고 어디론가 스러져간 '바람의 흐름' 속에 누군가는 울음을 바람처럼 토하며 태어나고 누군가는 바람처럼 호흡이 저물어 스러져 갈 것이다.

양금희 시인에게 '이어도'는 형언할 수 없이 소중한 실존적 가치와 혼으로 삶과 정신 속에 공존해 왔음을 살아온 여정에서 절절히 느낄 수 있다. 양금희 시인의 삶과 대외 활동, 학문적·문학적 여정의 면면에서 '이어도'에 관한 열정을 빼고 나면 무엇이 남을까? 물론 고매한 시인으로서, 교육자로서, 평화운동가로서 명성은 남겠지만 양금희 시인 자아적 존재감에서 '이어도'를 빼놓고 생각한다는 것은 상상할 수도 없는 일일 것 같다. 양금희 시인이 삶의 중요한 시기를 이어도에 관한 실존적 가치와 실체 알리기에 매진해 왔기 때문이다. 이제 이어도에 관한 시를 탐색하면서 그 열정과 시적 내공을 만끽해 보고자 한다.

바람이 불어 파도가 치면
바위에 부서지는 흰 물결 보며
제주 아낙들은 고기잡이 떠난
남편과 아들을 걱정했다

며칠이 지나고
몇 달이 가면
기어이 제주 여인들은
이어도를 보아야만 했다

해남 길의 반쯤 어딘가에 있을
풍요의 섬 이어도
안락의 섬 이어도

제주 여인들은 섬을 믿었다
저 바다 멀리 어딘가에 있는

아픔도 배고픔도 없는 연꽃 가득한 섬

남편과 아들을

고통에서 해방시키는 섬을


높은 파도에서만 모습 보이는

수면 아래 4.6미터 수중암초

어부들이 죽음에 임박해서나 봤을 섬

제주 여인들에게 위안을 주던 섬


이어도를 찾던 사람들이

전설을 넘어

마침내 이어도 해양과학기지를 세웠다

망망대해에 우뚝 선

제주 여인의 기원으로 피어난 연꽃 기지

─「이어도가 보일 때는」 전문


양금희 시인의 이어도에 향한 열정에는 혼이 담겨 있다. 이어도를 지리학적 명칭을 붙이자면 '해양 영토'라고 하겠으나 세상에 존재하는 모든 호칭은 애당초 존재한 것이 아니라 사회적 존재인 인간이 부여했다고 볼 때, 시인의 눈에는 그저 우리 땅, 제주 조상들의 땅, '이어도'인 것이다.

위 시 「이어도가 보일 때는」은 이어도에 대한 전승으로부터 알려진 과거와 현재의 이어도를 내면적 시각과 외면적 시각으로 병치시켜 재현한 시이다. 그 시안(詩眼)에 과거와 현실이 공존한다. 1연은 이어도가 제주 사람의 삶에 등장하게 된 배경을 알게 한다. "바람이 불어 파도가 치면 / 바위에 부서지는 흰 물결 보며 / 제주 아낙들은 고기잡이 떠난 / 남편과 아들을 걱정했다"는 행간에서 고기잡이를 떠난 가장을 기다리는 여리디여린 제주 아낙의 무수한 세월 동안의 바다를 향한 망부석 같은 안타까운 마음을 읽게 된다.

그러나 2연에서 "며칠이 지나고 / 몇 달이 가면 / 기어이 제주 여인들은 / 이어도를 보아야만 했다"는 표현에서 알 수 있듯이 여린 제주 아낙이 남편과 아들이 돌아오지 않을 땐 강인한 아내이자 어머니로 변하게 된다. 한 번도 가보지 못한 망망대해로 돌아오지 않는 남편과 자식을 찾아 "이어도"로 향하는 제주 아낙의 숙명이 가슴 아리게 한다.

3~4연은 화자가 제주 아낙이 되어 바라본 이어도의 존재라 할 수 있다. 기다려도 돌아오지 않는 남편과 자식이 결코 죽지 않았기를, 죽었다고 믿고 싶지 않기에, 가슴에도 묻을 수 없기에, 제주에 남은 자신은 가난과 배고픔으로 고달플 지라도 남편과 자식이 살 것으로 믿는다. 이어도는 "풍요의 섬 이어도 / 안락의 섬 이어도"이며, "아픔도 배고픔도 없는 연꽃 가득한 섬"이라고, "남편과 아들을 / 고통에서 해방시키는 섬을"이라고 믿고만 싶은 것이다. 그런 숙명적 존재로서의 제주 여인의 한(恨)과 믿음을 에둘러 표현하고 있는 것이다.

마지막 연은 마음속에 존재하던 이상향이었던 피안의 섬

이어도의 존재를 실재하는 존재로서 부각시키게 되었음을 행간에 재현해 주고 있다. "높은 파도에서만 모습 보이는 / 수면 아래 4.6미터 수중암초 / 어부들이 죽음에 임박해서 나 봤을 섬 / 제주 여인들에게 위안을 주던 섬"은 이제 "이어도를 찾던 사람들이 / 전설을 넘어 / 마침내 이어도 해양과학기지를 세웠다"는 것을 기사체로 담담히 밝히고 있다. '이어도해양과학기지'는 전설과 설화로 전승해 오던 이어도를 넘어 실재하는 존재로서의 '이어도'임을 강조하고 있는 것이다. 이어지는 또 다른 시편들을 통해 더욱 입체적인 시안을 들여다본다.

제주도의 많은 바람
이어도에서 불어온다는 걸
이어도 해양누리호에서 느꼈네

제주 여인의 한을 달랜 이어도 바람
해양과학기지 전용선 해양누리호에서
온몸으로 맞서 보네

역사의 벌판에서 불어온
무자년 사월의 바람
떨어지는 동백꽃의 슬픔도
사랑과 결속으로 이겨 내었네

바람이 불어도

세찬 파도가 일렁거려도 이어도를 꿈꾸며

돌과 바람과 여인들의 그리움이 맺힌 땅을

선조들은 탐나는 고운 섬으로 가꾸었네


이어도를 항해했던

제주 해민의 굵은 팔뚝처럼

해양과학기지를 받치는 철 기둥

우뚝 솟은 상부 구조물은 연꽃처럼 피었네


이어도는 태평양의 관문

거칠 것 없는 대양이 우리를 부르네

이어도에서 불어온 바람

한라산 기슭의 나뭇잎을 흔드네

태평양으로 대양으로 가라고

이어도를 넘어 바다를 지배하면

번영과 풍요가 온다고

　　　　　　　　　　　　—「이어도에서 부는 바람」 전문


　위 시를 읽어 내려가면 양금희 시인의 '이어도'에 관한 시
편들이 상상적 사유나 전승이나 서적을 통해 얻은 간접 체
험을 토대로 쓰지 않았음을 알게 한다. '이어도문학회' 회장
을 역임한 양금희 시인은 실제 목숨을 걸고 이어도를 다녀
왔다고 들었다. 제주항에서 배를 타고 망망대해를 향하여

크지 않은 동력선으로 6시간을 항해하여 이어도를 찾아가 현재의 '이어도'를 직접 답사·체험한 후, 다시 6시간을 걸려 제주로 돌아왔다는 말을 들었다.

학문적 연구를 하며 '(사단법인)이어도연구회' 연구위원을 지내면서도, 정치외교학 박사과정에서도 국제적 정치와 세계 평화에 대한 관심과 애정이 남달랐다. 여러 논문을 통해 「남중국해 갈등과 '항행의 자유' 작전」, 「남중국해 갈등과 수중드론의 배치」 등 논문을 계속 발표해 온 그 열정의 끈은 바로 '이어도'까지 항로로 이어져 2023년에도 이어도 문화의 계승을 위한 역사 자료집을 발간하였다. 그의 삶은 이어도를 향한 지성과 실천이 일치된 삶으로 '이어도종합해양과학기지'에 맞닿아 있다고 여겨진다.

시의 행간에는 여성의 체력으로 망망대해의 파도를 헤치며 이어도를 다녀오면서 겪었을 개인적 고행은 생략되어 있다. 그러나 제주 아낙의 숙명을 지닌 채 죽음을 무릅쓰고 망망대해 파도를 헤치고 찾아 나섰던 그 항해의 체험을 통해 사유한 마음의 강렬한 외침은 생생하게 느낄 수 있어 영상을 보는 것처럼 감동을 준다. 현재의 이어도를 모르는 세상 사람들에게 비로소 실존하는 존재를 세상 밖으로 선포하는 간절한 부르짖음이기에 행간에 수식어들은 죄다 생략되었다.

위 시 「이어도에서 부는 바람」은 양금희 시인이 '이어도'를 탐사하고 제주로 돌아온 후에 쓴 시임을, '이어도'를 '바람의 집'이라는 상상이 가능하도록 시상이 유도되고 있음을 볼 때 가늠할 수 있다. "제주도의 많은 바람 / 이어도에서 불어온다는 걸 / 이어도 해양누리호에서 느꼈네"라는 1연의 체험적 행간들은 독자도 그 현장에 있는 듯한 상상 속으로 데려다주기 때문이다. 그리고 그 바람이 "제주 여인의 한을 달랜 이어도 바람"인 것을, 제주도로 불어오는 편서풍은 모두 '이어도'에서 불어오고 있음을 알게 되었음을 밝히고 있어 위로받는 마음을 느끼게 한다.

3~5연은 그 '바람'이 단순한 해풍이 아니라 "역사의 벌판에서 불어온 / 무자년 사월의 바람"으로 치환하여, "떨어지는 동백꽃의 슬픔도 / 사랑과 결속으로 이겨 내었네"라고 함으로, 제주인의 가슴과 산야에 아물지 않은 상처로 얼룩진 아린 아픔을 함께 견디어 낸 세월을 위무하고 있다. 한반도의 지층에 태를 두었음을 만방에 알리기 위해 "바람이 불어도 / 세찬 파도가 일렁거려도 이어도를 꿈꾸며 / 돌과 바람과 여인들의 그리움이 맺힌 땅을", "탐나는 고운 섬으로 가꾸"어 "이어도를 항해했던 / 제주 해민의 굵은 팔뚝처럼 / 해양과학기지를 받치는 철 기둥"이 "우뚝 솟은 상부 구조물은 연꽃처럼 피"운 선조들의 피눈물 나는 노력과 인고의 세월 바탕 위에 피어났음을 일깨워 주고 있다.

그러한 긴긴 고난을 견뎌온 보람으로 마지막 연에서는 "이어도는 태평양의 관문"이므로 "거칠 것 없는 대양이 우리를 부"른다는 것을, "이어도에서 불어온 바람"이 "한라산 기슭의 나뭇잎을 흔"들고 있기에 오대양 육대주로 나아가 그 바다, 그 섬, "이어도를 넘어"가면 "번영과 풍요가 온다"

는 것을 양금희 시인은 뜨거운 가슴으로 부르짖고 있는 것
이다.

　　그리움이 잠들지 않는
　　제주 바다
　　고개 들어 바라보면
　　저 멀리 이어도가 있다

　　어머니들의
　　가슴 속의 별이 된
　　영원한 이어도
　　섬!
　　섬!
　　섬!

　　그리움에 젖어
　　물속에 가라앉았는가!
　　마라도에서 149킬로
　　해녀가 물질하는 바다
　　비창에 찔렸나
　　눈시울 붉어지는 저녁놀

　　그리운 섬에 닿고 싶은
　　어머니들의 메아리

이,어,도!

이,어,도!

이,어,도!


입술 깨무는

이어도를 향한 그리움

이어도 사나!

이어도 사나!

─「어머니의 이어도」 전문


　앞서 살펴본 시, 「이어도가 보일 때는」은 이어도에 대한 전승으로부터 알려진 과거와 현재의 이어도를 내면적 시각과 외면적 시각으로 병치시켜 과학기지가 완성되고 난 후 현재형으로 재현한 시다. 「이어도에서 부는 바람」은 양금희 시인이 '이어도과학기지'를 탐사한 후에 "우뚝 솟은 첨탑 갑판 연꽃처럼 피"운 선조들의 피눈물 나는 노력과 인고의 세월을 일깨워 주고 있다면, 이제 양금희 시인은 「어머니의 이어도」를 통해 자신에게 태를 물려준 영혼의 뿌리인 어머니들의 관점으로 돌아가서 이어도를 조명한다.

　어업이 생업이었을 어머니의 세대의 이어도는 어떤 존재로 다가오는가? 첫 연에서 "그리움이 잠들지 않는 / 제주 바다 / 고개 들어 바라보면, / 저 멀리 이어도가 있다"는 표현으로 볼 때, '어머니의 이어도'는 '그리움의 섬'으로 존재했음을 가능하게 한다. "그리움이 잠들지 않는 / 제주 바다"에서 먼바다로 고기잡이 나간 남편과 아들이 돌아올 시기에 돌아오지 않을 때, 기다리고 기다리던 바람이 고갈되어 멈춰 버린 어머니의 가슴은 절벽이었다가, 망망대해였다가, 종국엔 야윈 그리움만 남았을 것이다. 한 가닥 희망이라면 이어도에 갔을 것이라고 위로하면서 살아가는 동안 "어머니들의 / 가슴 속"의 "별이 된 / 영원한 이어도"만이 꿈처럼 "섬, 섬, 섬"으로 존재했을 것이다.

이제 3연에서는 과부 어머니의 목맨 울부짖음이 마라도에서 동남쪽 일백사십구 킬로 편서풍이 불어오는 바람의 집, 이어도를 향해 해조음처럼 울려 퍼진다. "그리움에 젖어 / 물속에 가라앉았는가!"라는 울먹인 외침이, "해녀가 물질하는 바다 / 비창에 찔렸나"라는 물음이 목젖에 걸려 퍼득인다. 그러다 지치면 결국엔 "눈시울 붉어지는 저녁놀" 붉어지는 석양을 맞으며 또 하루를 보낸다. "그리운 섬에 닿고 싶은 / 어머니들의 메아리"만 "이,어,도! / 이,어,도! / 이,어,도!"라고 물비늘위에 부서진다. 전설이 아닌 바다보다 큰 슬픔의 현실이었을 피울음 같은 입술 깨물다 불러보는 "이어도 사나! / 이어도 사나!"라는 외침을 딸들이 물려받는다.


## 3. '사물과 벗하기'를 실천하는 겸허의 시학

언어와 국가, 민족 정서의 다름이 현대에 분명 존재함에도 번역 시집을 상재하는 양금희 시인의 열정에 필자는 참으로 대단한 업적으로 느껴진다. 기뻐하는 마음으로 서두에 인용한 언어의 공감성에 대해 되새겨본 경전의 기록을 일관성 있게 적용하여 양금희 시인의 시를 반추해 보는 마무리 여정으로 들어가고자 한다.

'벗 관계'는 보통 맺고자 하는 쪽에서 상대를 향하여 겸허하고 겸손히 다가갈 때 가능하다. 이를테면, 상대의 눈높이, 정신의 높이, 마음의 너비 등에 자신을 맞추고 진솔하게 다가갈 때 가능할 수 있다. 벗의 사전적 의미는 "마음이 통하여 가깝게 사귀는 사람" 즉 친구, 또는 동반자를 의미하기도 하나 동일한 경전의 의미를 대입하면 "충성과 우정이 한결같은 사람"을 지칭한다. 상대의 능력과 힘의 차이가 비교할 수 없음에도 '벗 관계'를 형성한 사례가 경전에 나온다. 이스라엘의 족장 아브라함의 전 생애를 통해 참으로 친밀한 '벗 관계'를 맺은 대상은 사람이 아닌 창조주였다(Isaiah 41:8). 경전 기록을 보면, 아브라함은 전 생애를 통해 고난 중에도 창조주를 신뢰하고 순종했으며, '벗 관계'를 소중히 유지하며 가까이 걸었기에 그 자손의 계보에서 인류를 구원할 메시아가 태어나는 축복을 받았다.

양금희 시인의 시적 화자 역시 시의 소재로 등장하는 대상들과 친밀한 '벗 관계'를 형성하고 있음을 볼 수 있다. 이번 시집은 물론 앞으로도 양금희의 시가 더욱 기대되는 것은 '사물과 벗하기'를 통한 양금희 시인이 시적 상관물들을 대하는 자세인 바, 화자는 인간으로서 육체적 불완전성이라는 피할 수 없는 한계를 지닌 존재임에도, 쉽게 다가갈 수 없는 존재를 대상으로 삼아 사유한 작품이 주를 이루고 있어 바람직하고 참으로 가치 있는 시작법을 실행하고 있음을 본다.

앞에서 살펴보았듯이, 대자연의 '바람'이라든가, 광활한 대지를 덮고 있는 '흙'이라든가, 망망대해 파도와 바람과 구름과 안개 속에 서 있는 '이어도 종합해양과학기지'라든가, 모두 쉽게 접근할 수 없는 사물들인데, 어쩌면 이렇게 닿을 수 없는 웅대한 대상을 이리도 가까운 벗으로 사유하여 시의 소재로 불러들일 수 있었을까? 그 비결은 바로 '사물과 벗하기'를 실천할 줄 아는 탁월한 비법을 채득하고 있기 때문으로 보인다. 이처럼 시를 통한 대자연과의 '벗 관계'가 얼마나 완성도 높은 작품을 탄생케 하는지 검증해 보기로 한다.

새들은 제 몸을 위해
집을 짓지 않는다
어린 새끼를 위해 둥지를 튼다


덤불 속, 나무 구멍 속
서로 온기를 나눈다


그 힘으로
하늘에 길을 열기 위해
바람이 된다
구름이 된다

창공을 날아야 하는 숙명을 아는 새는

머물기 위해 둥지를 틀지 않는다

—「새들의 둥지」 전문


위 시는 그간 60권의 시집을 발간했으며 대만의 현대문학을 이끌어 오신 거성 리쿠이셴(李魁賢:Lee Kuei-shien) 시인의 추천과 주간으로 대만에서 발간된 양금희 시인의 鳥巢(새들의 둥지)의 표제 詩이다. 언어와 민족과 국경을 초월하여 다른 언어로 번역된 시가 국제적으로 공유된다는 참 대단한 경사에 함께 기뻐하며 축하하는 마음으로 살펴본다.

네팔의 영문학 번역가이며 비평가인 룹씽 반다리(Rupsingh Bhandari) 시인은 시집 『새들의 둥지』에서 양금희 시인이 "자연의 기록되지 않은 법칙, 말할 수 없는 신비, 보이지 않는 차원을 발견하고 자연을 관찰하며 그 불가사의한 속성을 겸손한 선율로 풀어"낸다고 추천의 글에서 밝히고 있다. 한 편의 시가 이렇듯 만인에게 공감할 수 있다는 것은 대단한 기적이다.


새들의 둥지를 가까이 관찰하는 것은 아무나 쉽게 접할 수 있는 일은 아니다. 만물의 공용공간으로서 우주(宇宙)는 집이다. 한문 宇宙(우주)를 집 우(宇), 집 주(宙)로 훈독함을 볼 때 더욱 그렇다. 사람도 집이 있고 새도 집이 있다. 사람이나 새에게나 집은 보금자리요, 사랑을 잉태하고 사랑을 낳아 기르는 둥지이나 양금희 시인의 묘사는 의미를 달리

214

한다.

첫 연은 "새들은 제 몸을 위해 / 집을 짓지 않는다"는 표현으로 시작된다. 사실 둥지의 축조에 대한 새들의 뜻을 새들에게 물어볼 수 없는 것이며, 새집 가까이 다다가 살펴보아도 이렇게 단언하기란 보편적 관찰력으로는 쉽지 않은데 어떻게 이런 단아한 묘사로 강조할 수 있는 것일까? 화자는 새들과 '벗하기'를 통해 둥지에 대해 겸허히 다가가 깊이 사유한 것으로 보인다. 또한 "어린 새끼를 위해 둥지를 튼다"는 말 속에서 '어머니'이기에 남달리 느낄 수 있는 큰 깨우침을 터득한 것으로 보인다. 그렇다. 우리 인간의 집 안으로 새의 둥지를 '어머니'라는 존재가 되어 치환해 볼 때만이 가능한 표현이다.

"덤불 속, 나무 구멍 속 / 서로 온기를 나눈다"는 표현에서 다양한 새들의 '둥지' 속에서 새의 새끼들이 서로 온기를 나누는 공존의 모습은 행간에 생략된 '사랑'의 위대함을 깨닫게 해주며 '어머니의 사랑'을 연상케 해줌으로 첫 연의 외침을 따뜻하게 증명해 주고 있다.

분명 새는 어린 새끼를 낳고 기르기 위해 '둥지'를 짓는 것인데, 새들의 둥지 제목의 한자 표현 鳥巢의 뒷글자 '집 소(巢)' 字의 상형 문자적 형태를 들여다보면, 참 흥미로운 연상을 할 수 있다. 집 소(巢) 字 상부의 세 개의 꺾여진 '개미허리'와 田자 형태는 새들이 초목 잔가지를 물어와 구부리고 뒤틀어서 망사 같은 둥지를 지어 놓은 것을 연상할 수 있는데, 하부에 나무 목(木) 字 위에 그 둥지가 올라가 있음으로 나무 위에 있는 새들의 둥지가 연상되는 획의 구성이 놀랍다.

시의 하반부에서, "그 힘으로 / 하늘에 길을 열기 위해 / 바람이 된다 / 구름이 된다"는 표현에서 창공을 날아가는 새가 '둥지의 온기'의 힘, 즉 온기를 나눌 수 둥지(공간)와 체온을 서로에게 전하는 행위(사랑)의 힘이 바람과 구름이라는 극복해야 할 자연의 한계를 넘어 날아갈 수 있는 원동력임을 알게 한다. 또한 "바람이 된다 / 구름이 된다"는 비약적 묘사는 이 시 묘사 중에 절창으로 다가오는 바, 새가 창공으로 비상(飛翔)하여 바람과 구름과 사이를 가르는 비행에서 속도를 느끼게 한다. 역동적 날갯짓이 연상되는 영상적 묘사는 날아가는 새를 모방하여 인간이 만든 어떤 비행기의 항공하는 모습보다 아름다운 미학의 결정체로 다가온다. 더욱이 새가 바람과 구름이라는 자연과 접사 되어 스며들 듯 동체를 이루는 표현에서 이 시의 작품성을 최고조로 끌어 올려주고 있다.

시의 결구는 "창공을 날아야 하는 숙명을 아는 새는 / 머물기 위해 둥지를 틀지 않는다"고 마침표를 찍는다. 이 시 서두에서 논했듯이 날아가는 새들과 벗이 되지 않고는 새들의 생각이나 본능적 숙명을 어찌 단언할 수 있을 것인가? 짧은 행간에서 이처럼 큰 감동을 느낄 수 있는 시의 백미는 양금희 시인만의 '사물과 벗하기'를 통한 접근법이 주효했음을 확인하는 희열을 맛보게 된다.

저마다의 집을 지어 사각의 방을 만들어 놓고도 집을 소

유하려는 집착으로, 허무한 데에 굴복하며 온기를 나누려
하지 않고 자연의 이치와 역행하는 우리 인간의 모습이 반
추되는 '새들의 둥지'를 통해 통렬히 꾸짖고 있는 듯하다.
둥지를 떠나 바람이 되고 구름이 되는 숙명적 비행은 생애
를 통해 계속되어야 하는 새가 더는 날아갈 수 없어 자연으
로 돌아가는 날이 와도 다시 그 둥지로 돌아오지 않는다는
자연계의 숙명에 대한 순응을 생각해 보게 된다.

> 당신은 기억을 찾아 주는 나무
> 내가 봄처녀였을 때,
> 당신의 이름을 처음 불렀었죠
> '빛'을 '벗'이라 불러도 마냥 웃어 주던 당신,
> 봄이 아지랑이 사이에서 흔들거리고
> 벗이 없어 갈 곳 없던 날
> 당신이 펼쳐 준 꽃그늘 속으로 걸어갔지요
> 꽃비 흩날리는 풍경 사이로
> 꼬막손을 펼쳐 꽃비를 받는 아이,
> 이젤을 펼치고 봄을 그리는 사람,
> 관중 없이 기타를 치는 사람,
> 신문지에 봄나물을 펼쳐 놓은 할머니,
> 벤치에 기대어 누군가를 기다리는 사람
> 당신이 뿌려 주는 꽃잎 흩날릴 때
> 서로 스며드는 풍경이 어찌 그리 고운지

당신이 벗 되어 주신 풍경 속 사람들도

흩날리는 벚꽃잎처럼 언젠간 모두 떠나겠죠

　　　　　　—「당신을 '벗나무'로 부른다」 전문


　위 시, 「당신을 '벗나무'로 부른다」는 '벚나무'를 '당신'으로 치환(置換)하여 화자가 지난 처녀 시절부터 벚나무와 연관된 잊을 수 없는 추억 속의 일화들을 기억해 내어 한 편의 영화를 감상하는 듯한 영상미 넘치게 묘사한 작품이다. 양금희 시인의 이번 시집에 수록된 작품 중 가장 서정적 미학의 절정을 이루는 수작으로 역시 양금희 시인의 사물에 대한 투명 접근법인 '사물과 벗하기'가 절묘하게 반영된 시로 느껴진다.

　벚나무(櫻, Cherry blossom)는 1806년에 학명 Prunus sect. Cerasus로 등재되었으며, 장미목(Rosales), 장미과(Rosaceae), 벚나무속(Prunus), 벚나무절(P. sect. Cerasus)이며, 주로 동아시아 지역에 분포하는 나무로, 4~5월에 벚꽃을 피우고, 6~7월에 열매(버찌)가 열린다. 벚나무는 자생력이 아주 뛰어난데, 고려시대 목판 인쇄기술의 표본이자 불교 자료로 가치가 높은 국보 제32호 팔만대장경 목판의 반 이상이 벚나무로 사용되었다고 한다. 껍질은 매우 질겨서 조선 시대에는 주력 무기인 활(각궁)을 만들 때 벚나무 껍질로 겉면을 감아 마무리했고, 열매 '버찌(Cherry)'는 빛깔이 고와 예쁜 입술의 상징으로 가요(앵둣빛 입술의 순이)나 팝송(금발머리에 체리빛 입술의 메리 Mary hair of gold and lips like cherries)에 등장하며 칵테일과 아이스크림, 과일용으로도 사용된다.

나라와 민족과 언어의 경계를 초월하여 범지구 시인을 지향하는 양금희 시인의 시 해설에서는 벚나무의 유래와 원산지를 자국이라 주장하는 동아시아국가 간의 논란이나 식목의 유래, 지역별 개화 시기 등 기타 식견은 시에 대한 집중을 위해 생략한다.

시의 첫 연은, 화자가 벚나무를 마음 가까이 접하게 된 때가 '처녀 시절' 어느 봄날이었다. 그러니까, "벚나무"를 만나서 "벗나무"로 명명하게 된 동기적 대면의 시점을 '기억'을 돌이켜 회상 표현의 이면을 유추해 본다면, 어쩌면 그 봄 처녀는 친구도 없이 홀로 벚꽃 구경을 나갔다가 꽃구경 나온 연인들 사이에서 극도의 외로움을 느끼고 벚나무를 '벗'으로 맞이했을 공산이 높다. "당신의 이름을 처음 불렀었죠"라는 표현에서 "벗나무"와 '벗 관계'는 그때 이후로 지속되었음을 느끼게 하며, 김춘수 시인의 시 「꽃」의 "내가 그의 이름을 불러 주었을 때 그는 나에게로 와서 꽃이 되었다"는 표현이 떠오르게 되나, 이는 화자가 벚꽃 그늘에서 갈망적으로 '벚'을 '벗'이라고 "이름"을 명명하기 전에는 존재의 의미 면에서 꽃도 무(無)라는 '존재 개념의 의미'와 달리 '벗 관계'를 통한 '관계개념의 의미'로 행간에 구체화 된다.

"'벚'을 '벗'이라 불러도 마냥 웃어 주던 당신,"이라는 표현에서 화자의 명명은 지극히 일방적일 수 있으나 당당하고 귀여운 능청이 독자에게 미소 짓게 한다. 아니나 다를까, "봄이 아지랑이 사이에서 흔들거리고 / 벗이 없어 갈 곳 없던 날 / 당신이 펼쳐 준 꽃그늘 속으로 걸어갔지요"는 고백은 봄처녀가 친구도 없이 홀로 벚꽃 구경을 나갔음을 입증해 준다.

이제 "꽃비 흩날리는 풍경 사이로" 펼쳐지는 화자의 아름다운 회상을 따라가 보기로 한다. 많은 예술적 표현에서 '모든 꽃은 지기 때문에 아름답다'는 관념적 미학을 예술로 승화시켜 표현하기도 하지만 '풍경의 미학' 면에서 지는 꽃이 벚꽃처럼 아름다운 꽃은 얼른 떠오르지 않는다. "꽃비 흩날리는 풍경 사이로 / 꼬막손을 펼쳐 꽃비를 받는 아이, / 이젤을 펼치고 봄을 그리는 사람, / 관중 없이 기타를 치는 사람, / 신문지에 봄나물을 펼쳐 놓은 할머니, / 벤치에 기대어 누군가를 기다리는 사람" 이렇게 행간에는 다섯 가지 풍경이 묘사되었으나 꽃구경 나온 사람들의 풍경이 어찌 그 모습뿐이었겠는가?

시에서만이 발휘될 수 있는 '생략의 미학' 측면에서 생각해 본다면, "꼬막손을 펼쳐 꽃비를 받는 아이" 곁에 '엄마'의 표정이 생략되었고, "이젤을 펼치고 봄을 그리는 사람"의 시선 끝 대상과 화판의 색조가 생략되었으며, "관중 없이 기타를 치는 사람"의 표정과 노래가 생략되었다. "신문지에 봄나물을 펼쳐 놓은 할머니"의 그을리고 주름진 얼굴과 봄나물 향기와 구겨지고 닳은 값싼 지폐 몇 장 담긴 헐

렁한 종이 상자가 생략되었으며, 돌아오지 않는 이를 기다리는 "벤치에 기대어 누군가를 기다리는 사람"의 초조하고 쓸쓸한 눈빛이 생략되었다.

흩날리는 벚꽃 사이로 어른거리는 풍경과 일화를 사족(蛇足)화 시켜 생략함으로 독자에게 시를 읽으며 자신의 일화를 상상케 할 수 있는 사유의 여백을 부여함으로 작품의 완성도를 높여주고 있어 읽을수록 우러나는 맛이 그윽하다.

"벚나무"를 "벗나무"라 부르는 귀여운 당돌함을 봄처녀의 용기로 본다면, "서로 스며드는 풍경이 어찌 그리 고운지"라는 표현 속에 대자연을 긍정과 감사로 바라보며, 자연과 인간의 아름다운 조화와 공존의 미학을 화폭에 담아내려는 양금희 시인의 마음 바탕을 느끼게 된다. 시의 결구는 꽃구경을 마치고 현실로, 아니 내일로, 어쩌면 먼 훗날 자연과 하나가 되는 그날로 떠나가야 하는 마음이 벚꽃이 다 지고 난 거리처럼 고요하다. "당신이 벗 되어 주신 풍경 속 사람들도 / 흩날리는 벚꽃잎처럼 언젠간 모두 떠나겠죠"라는 독백적 물음 속에 '벗'이 되어준 "벗나무"를 떠나며 미안해하는 마음이 양금희의 시심에서만 느낄 수 있는 결 고운 글썽임이 애잔하게 전해 온다.

양금희 시인의 이번 시집에 편집된 시편들은 편편이 닿을 수 없는 "만물의 가치에 감사하는 사유의 접근법"을 터득하여 수많은 대상을 향해 그 비기를 사용하여 가치 있는 시어로 승화시켜 주고 있다. 아울러 '사물과 벗하기'를 실천하는 겸허의 시학으로 다양한 소재의 시를 이번 시집에서 소개하고 있다. 이는 인간과 언어가 다른 사물들의 언어를 양금희 시인이 시로 엮은 사물들을 대신하여 "대자연이 인류에게 보내온 편지"로 다가온다. 그 편지를 전달해 준 양금희 시인의 마음이 독자들에게 감칠맛 나고 웅숭깊은 감동으로 오롯이 전해질 것이라 믿는다.

대자연께 감사하며 시공을 초월하고 나라와 민족, 문자와 언어의 장벽을 허물어 버린 양금희 시인의 긍정적 시어는 지구촌 누구에게도 차별이 없으리라. 중요한 사실은 그런 장벽을 초월할 수 있는 양금희의 시의 문학적 예술적 가치가 국제적으로 공감할 수 있음이 증명된 점은 시를 읽는 세계의 모든 독자에게도 참으로 행복하고 고무적인 일이다.

지중해 동쪽 유라시아 국가 튀르키예의 시인이자 문학 번역가인 철학박사 타릭 귀너셀(Tarık Günersel)이 시집 앞부분에 추천사로 쓴 「양금희 시인의 초상」이란 詩의 서두에서 "부드럽게 포효하는 이가 누구인가요? / 양금희 시인/ 조용한 폭풍 / 그녀는 한 방울의 물로 / 위장한 바다 / −우리의 상처를 치유합니다 / 그녀는 모든 것을 포용한다 / 충실하게, / 그렇게 다정한 미소로 / 그녀는 우리가 깨닫게 해줄 수 있어요"라고 표현하고 있다. 다른 언어 다른 문화권의 시인이 양금희 시인의 시만을 읽고 어찌 그리 양금희 시인의 존재를 오롯이 읽어내어 표현할 수 있었는지, 시공을 초월한 영감적 표현이 참으로 놀랍기 그지없다.